U0782437

流年晨光

杨辉隆 著

南海出版公司

2022·海口

图书在版编目（ＣＩＰ）数据

流年晨光 / 杨辉隆著 . -- 海口：南海出版公司，
2022.1

ISBN 978-7-5735-0091-5

Ⅰ．①流… Ⅱ．①杨… Ⅲ．①散文集－中国－当代
Ⅳ．① I267

中国版本图书馆 CIP 数据核字（2021）第 272633 号

LIUNIAN CHENGUANG

流年晨光

作　　者　杨辉隆

责任编辑　庄秀颜

出版发行　南海出版公司　电话：（0898）66568508（出版）　65350227（发行）

社　　版　海南省海口市海秀中路 51 号星华大厦五楼　邮编：570206

电子信箱　nhpublishing ＠ 163.com

印　　刷　成都蓉军广告印务有限责任公司

开　　本　889mm × 1194mm　1/32

印　　张　7.875

字　　数　175 千

版　　次　2022 年 1 月第 1 版　　2022 年 1 月第 1 次印刷

书　　号　ISBN 978-7-5735-0091-5

定　　价　56.00 元

目 录

一 亲 情

二 见 证

三　亲　历

四　观　点

五　心　语

一　亲　情

秋夜，在老家听雨

秋意就这样渐渐深了。

我躺在老家老房子的老床上，任秋雨敲打在粼粼千瓣的瓦片上，淅淅沥沥的声音由远而近。这样的雨夜，无疑会渲染出一片诗意的悲凉。

父亲退休后一直到去世都不肯进城和子女居住。他说，他就是一条在乡下鱼塘长大的鱼，挪不得地方。这样一来，母亲也只好陪伴他在乡下养老。现在，二老都离我而去，躺在老家老房子的老床上，不免心生些许悲凉。这幢40多年前建的老屋，土墙灰瓦，藤蔓爬满了斑驳的墙体，古朴而沧桑。屋檐下春燕筑起的泥巢，还残留着欢飞的景象。

子夜，辗转反侧，无法入睡。飘零的叶凋落在迷蒙的屋前，窗外潇潇斜雨，绵长而柔和。父亲的身影总是在眼前晃动，他老人家90岁离开人世，走时生命已近残年，尘世的苍凉让他从不把喜怒哀乐挂在脸上。每次和他相处，都会让我不由自主地想起那些带着童稚和苦涩的片段，仿佛这些场景很近又很远。特别是在他去世的前一天下午，他还给我打来电话，颤颤巍巍地问我："老大，明天正月十五，你回来不？"我说："爸，我有事忙着呢，回不成。"我清楚地听到父亲很是落寞的声音："回不成就别回来了，再忙也要注意身体。"说完就挂了电话，没容我解释和嘘寒问暖。第二天凌晨5点，我接到妹夫从家里打给我的电话："父亲不行了，快回来吧！"我来不及收拾行李，就从主城往奉节老家赶。等我赶到父亲榻前时，已是上午11点。我呼喊着："爸爸！爸爸！儿子回来了！"只见父亲微微地睁开眼睛，然后又安详地闭上，没和我说上一句话，就永远地离开了人世，离开了他为之付出一生心血的子女们。

　　后来我听说，父亲那天下午给我打完电话后，就吩咐保姆煮了一只腊猪脚，自个儿端了一把木椅，在门前的柚子树下一个人坐着，久久地望着我回家常走的那条小路，直到天黑保姆喊他吃饭了才极不情愿地回到屋里。这分明是在盼我啊！

　　父亲走后，我把母亲接到了城里，本想让她好好地享几年福，没想到母亲的身体也每况愈下，到后来她已经不认识其他亲人了，唯独认识我。只要听到我回家的脚步声或说话声，她就眼睛发光，手舞足蹈地说："我大儿回来了！"母亲在父亲走后一年零5天，也追随父亲而去，永远地离开了我们。

　　有人说，父母在老家就在，父母不在了，老家也就散了。其实我离开老家已经足足50年。我把老家当成故乡，把它装进包里，又时不时地翻出来打量，嗅嗅它的味道。我以为我早已离开了故乡，而不经意间，那承载着乡愁的土地、往年那些上学的路上，光着脚丫、衣衫褴褛的孩子们的背影，依然潜伏在我隐痛的记忆里。

故乡，堆积了我太多简洁而淳朴的情愫。也许，我只能在光影交错的时空里，单纯地聆听秋风，看纤柔秋雨把那些叶片浸染。

尽管现在乡亲们都富裕了，但毕竟有些事、有些人终究需要惦记，比如贫穷哭泣的村庄、尘封的水井、苍老的树林，以及那些饥寒交迫的日子。今夜，故乡走得轻盈，一如这潇潇斜雨，来得悄然，在毫无察觉中已轻轻地停靠在心间。而光影里的景象，就像流年，细细地落了一地碎片，想去捡拾总是力不从心。

一直觉得故乡的秋雨应该是有色彩的，浅淡、明净，有细致的柔美。印象中，故乡的秋，淅淅沥沥下着夜雨，朦胧、清丽，就像月下回眸的女子，透着妩媚和优雅。这样的雨夜，淡泊、安稳，仿佛开在村口的雏菊，清瘦的冷，薄弱的凉。而风总是寂然，仿佛一条清澈的河流，在无声地流淌。

喜欢这样的雨夜。空气里流淌着湿润的泥土腥味和桂花的清香。透过窗棂，我看到了菊花的金黄、竹影的婆娑。远近、高低的脐橙树挂满了尚还青涩的果实，在枝头和树梢间随风而动。这样的雨夜，仿佛很有质感，会让我想起儿时在故乡的田畴中，母亲采摘野菜时的喜悦。

时光已一去不复返，记忆里那些往事，依然流连于我起起伏伏的生命之中。此时，细碎的心情、细碎的感悟、细碎的温暖，一切都是舒展的。这样的夜晚适合倾诉，更适合倾听。梧桐树已泛黄，裹着一份季节的叮咛。

秋就这样渐渐深了。有时候，多么想挽留这个悱恻的时光，多么希望在这个薄凉的季节，内心也开出淡淡的花朵。

秋夜袭雨，谁用泪水把秋天的远方淘尽了千遍？光阴在岁月之上无言地泅渡，下一个秋天的雨夜，能否还像此时，住在老家的老房子里，让思绪任意妄为，或与蛐蛐为伴，一同聆听雨的声音？倘若父母地下有知，知道我今夜的悲怆情怀，一定会护佑我和我的同胞、我的孩子，还有我的乡亲们，依然能蹚过风，蹚过雨，蹚过流年。

回家和父母过年

早些年，父母健在，我总会在一年一度的春节快到的时候，除了抓紧时间处理春节前必须要做完的工作外，想得最多的，就是过年一定要带孩子们回老家和父母一起过年，尽一尽当儿子的孝心。同时，也到祖父母和外祖父母的坟头燃上一炷香。

现在，父母走了，回家过年的欲望也就没那么强烈了。

记得那年，原本没打算回家过年的，促使我下决心的是一次打错了的电话。那晚，我给父亲打完电话，说好在万州过年，年后再回去看望他们。谁知，刚挂了电话，铃声又响了。我拿起手机，里面传来一个陌生而苍老的声音："儿啊，今年过年你回不回来啊？"我一听，是一位老人打错了，忙说："老人家，您打错了。"

谁知那苍老的声音竟自顾自地说了起来："儿啊，你有几年都没有回家过年了，你爸身体一直都不好，每次你打电话回来他都不准我告诉你，怕耽误了你的工作。儿啊，其实你不知道他有多想见你，我和你爸都想你今年回来过年！"老人的声音陌生又熟悉。我默默地听着，心颤抖起来，泪水已然滑落。

"儿啊，今年过年你到底回不回来？"老人最后追问道。

"老人家，您打错了。"我的声音有点哽咽。

"错了？唉，真是老了，没有用了。"电话里传来喃喃自责声，带着一丝失望与讶异。沉默了好一阵，对方才轻轻地挂断了电话。我茫然地拿着手机，不知所措地呆坐在沙发里。

"我和你爸都想你今年回来过年！"老人那苍老而无助的声音长久地在我的脑际回荡，强烈地震撼着我的心灵，隐隐作痛。良久，我猛然醒来，很快拨通了家里的电话。接电话的是母亲，我对母亲说："妈，我改变主意了，过年我带孩子们回来！"

是啊，我从一个少不更事的青年当兵离开父母，晃眼就在外工作40多年了。虽然时不时回去看望父母，但由于有了自己的小家，孩子们习惯了城市里温暖的巢，不愿在乡下待得太久，我又不忍离开羽翼尚未丰满的孩子们甚至扫了他们的兴，生怕他们因为我而过得不快乐，所以这些年，我真正回老家陪父母过年的时候不多。这件事一直让我心存愧疚，每逢要过年了，我都想弥补，都想带孩子们回去与父母一起过年，但总经不住孩子们的劝说：老家洗澡不方便，上厕所不方便……总有一大堆过年不回老家的理由。因此，回老家过年就这样被搅黄了，最多就是我一个人回去团一个年后就急匆匆打道回城，一晚也不住，丢下年老体弱的父母依依不舍的目光，回到了孩子们身边。

其实，我是父亲，同样也是儿子，这个道理我是懂的。过年了，我需要和我的孩子们在一起，而我的父母，他们不同样需要和他们的孩子在一起吗？我的孩子们需要我，我作为我父母的孩子，他们不同样也需要我吗？更何况，他们早已步入古稀之年了，更需要子女的陪伴，更需要享受天伦之乐！

而今，我就是羽翼丰满的鸟儿，飞出了那个孵化我的巢，可我又怎能忘记巢中还有老鸟啼血般的期待呢？

常言道，老小老小。人到老年，情感相对脆弱了，特别是我的父母，他们目睹同龄人一个一个地离开人世，心情就会更显悲凉，更需要爱，更需要做子女的常常回家与他们共吃一餐饭，哪怕一起说说话也好。家，对于年轻人来说是港湾，那么，老人们的港湾又是什么呢？我想，无疑就是子女了。在外工作的子女回家过年，就是给老人一个情感停泊的港湾，就是给他们经年郁闷的心情一次欢乐，就是给他们沧桑的心境一点绿意。我想，这是每一个做子女的能做到也是应该做到的。

现在，年味好像越来越淡了。记得小的时候，过年可热闹了，狮子、龙灯、彩龙船、车车灯、打连响到处都是，好不热闹！每逢过年，父亲总是带着我到处看热闹，母亲则在年三十晚上为我赶做新鞋，这些都深深地烙在了我的记忆中。现在，大家都富裕了，年味反而淡了，特别是农村。我们何不回家陪陪父母？有子女和他们一起过年，因为有了这浓浓亲情，年味肯定要浓些。

孝心不能等待。我的父母已经离开了人世，现在想起来，关于回家过年的话题，还真留下了不少无法弥补的遗憾。想到此，不知道那些还没有最后拿定主意回家和父母过年的朋友，是否要下定了决心：今年，一定要带孩子们回老家，与父母一起过年呢？

母爱有余香

母亲离开我们已 5 年有余了。

昨天，我在整理旧照片时，发现了母亲留在人间少有的那几张照片，反复端详，心里不免生出许多追忆、许多余香。

母亲没上过学，新中国成立后，托共产党的福，上过几天识字班，也不过学会了认识自己的名字而已。说起母亲的名字，还是和父亲结婚时，父亲为她起的。没文化的母亲，一生没出过远门。据我所知，如果以居住地安坪为原点，她上只到过万州，下只到过奉节老城。就是这样一位普通农村妇女，却在人世间留下了较好的口碑。小时候家里很穷，父亲又常年生病，在这种情况下，母亲还不时拿出钱物接济比我们更穷的亲戚朋友。但是，母亲生性爱财，几乎到了无以复加的地步。记得前几年她不小心把父亲一个月的退休金弄丢了，气得她在床上躺了几天。即使在重病昏迷期间，只要醒过来，她第一件事就是寻找自己钱包。尽管母亲爱财，但她取之有道，施之不吝。亲戚朋友有困难了，她一样帮助；邻里乡亲红白喜事，人情照送；过年了，一大群儿孙，压岁钱照发。

我每次回家，走时，她都会问我身上有钱没有，还拿出零钱往我包里塞。

前些年，父亲因病一直足不出户，保姆像走马灯似的换，但因父亲不愿拖累儿女，始终不同意进城和我一起居住。母亲也只好留在乡下照顾父亲，为此吃尽了苦头。父亲去世后，我希望母亲享享清福。基于这样的想法，在办完父亲的丧事后，我把母亲接进了城里。但未曾想到，父亲去世后，母亲的身体却每况愈下，差不多刚好一年就追随父亲而去了。

记得有天晚上我在医院陪护她，母亲看到我疲倦不堪的样子，就轻声说："老大，回去睡吧，别感冒了。"其实我知道，母亲何尝不希望儿子陪伴左右，只是这是母爱的另一种体现啊！我因母亲护理的事常与妻子发生争执，每次我都发现母亲在暗暗地落泪。我安慰她，她总是反复说："是我拖累了你们，你忍一忍吧。"每当这时，我的心就犹如刀绞，特别愧疚！最让我感动的是，母亲在弥留之际，什么人都不认识了，但只要听到我的声音，就会睁开眼睛，别人问她我是谁，她会断断续续地说："我……大……儿。"

母亲走了，在人世间挣扎了 80 个春秋的母亲，苦难和病痛跟随了她大半辈子。所以，在母亲真的离开我们之后，我已没有了眼泪，而且吩咐兄弟妹妹都不要哭，让她老人家安静地离去，在天堂与父亲相聚。

前不久，我再次回了趟老家，看见破败的老屋、萧条的院舍，房前屋后再没有鸡鸣狗吠的生机，心里陡增些许酸楚。没有了母亲的老家，已让我对老家的流连逐渐淡化，好在还有母爱的余香在我心中袅袅升腾。

为父母养心

父亲去世的前几年，我已发现父亲真的老了。他的背一天比一天驼，步子也一天比一天小。特别是在疾病的折磨下，父亲已是名副其实的行动不便了。因此，我常常看着他蹒跚行走、艰难起坐的样子，心就会一阵阵疼痛。我想，父亲真的老了，他已失去了年轻时的伟岸和挺拔。有时，我甚至不忍目睹父亲那越来越驼的背。

后来，随着自己接近退休，工作担子也逐步减轻，我才发现自己也一天一天老去，也就更多了一份对老人的理解，所以我常常回老家看望父母。大概人老了就特别需要亲情，每次我突然出现在父亲面前时，我发现父亲的嘴角总是微微上扬，身子也跟着轻轻抖动。这些细微的变化，都说明了他看见儿女的喜悦。是的，人老了更需要爱，需要关切，需要儿孙绕膝的欢乐。大凡老人的内心都是比较寂寞的，他们需要交流，而交流的最好对象就是儿女。可是，我们这些做儿女的却很容易忽略老人的心理需求。

以我的父亲为例，他为了我们六兄妹，可以说是一生操劳。在三年自然灾害时期，他宁肯饿着肚子，也要把国家配给他的那点微薄的口粮，省出一些拿回家给我们充饥，以维持我们兄妹的生命。在历次政治运动中，不论他在外面受到了多大的委屈，回到家总是表现出没事一样，原来他是怕影响我们幼小的心灵啊。现在，父亲老了，我们这些做儿女的应该想想如何报答他，而报答的最好形式就是多陪陪他，哪怕是一天、一个小时、十分钟，也能够让他欣慰。所以，我带头在老家置办了一个窝，而且常常回去住上几天，让父母在我们这些儿女的陪伴下，能快快乐乐地安享晚年，让他们在平安中将快乐放大。用儿女的孝心，将父母风烛残年的生命点亮，让他们好好地走完人生最后的路。

现实生活中，不少做儿女的以为父母老了，只要给他们钱，让他们生活有保障就行了。其实，这是远远不够的。他们不懂得，在父母老了后，不仅要为父母养身，更重要的是为父母养心。金钱和物质是满足不了父母情感需要的，也代替不了儿女们真真切切的关爱。

百善孝为先，孝为德之本。时间对我们来说也许很珍贵，但总可以巧妙安排；父母对我们来说只有一对，那是不可选择的。当儿女的在父母有生之年，没能很好地尽孝，当父母离开人世后，那是会后悔一辈子的。亲情孝道是一本书，是一本每个人都必须读的书。无情未必真豪杰，但凡有文化的人都会懂得为父母尽孝、为国家尽忠是本分。一个不懂得亲情孝道的人，就不是一个合格的人。须知，父母把我们降生在这个世界，是非常幸福的；同样，孝顺父母对我们来说，也是非常幸福的。古人云：能以父母爱我之心事父母，则无不孝；能以己爱子女之心事父母，亦无不孝。但现实生活中，父母爱儿女与儿女对父母的孝敬往往不能成正比。谁都知道，不孝不忠是十分可耻的行径。我们不能把尽孝停留在尽义务上，而是要把尽孝体现在对父母的真心关爱中，体现在每一件小事上。

真想再乘一次轮船回奉节

　　曾几何时，进出奉节的通道，主要依赖长江黄金水道行驶的轮船，再上溯一个世纪，可能就只有长江上的帆船了。

　　从 16 岁当兵到退休，整整工作了 45 年，而且有近 20 年是在部队和川西地区工作。因此，从重庆乘船回奉节就成了"年年岁岁花相似"周而复始的过程。不论过去还是现在，也不论交通压力大小，游子们对回家过年都是挡不住的诱惑。从朝天门乘船回奉节，一般要走一天一夜。轮船顺流而下，想到离家越来越近，心情也就越来越激动。这恐怕就是所谓的归心似箭吧？夜晚，躺在四等舱坚硬的床铺上，幻想总是一幕一幕地涌现：未结婚时，是父母站在门前迎接我的慈祥笑脸；有了女朋友后，是女朋友在码头焦急等待我的身影；有了孩子后，少不了是孩子脏兮兮的手抱着我的腿要糖的样子。白天，三五成群的乘客会站在船舷上看江岸的风景，那真是越看越觉得美。在古代，一定也有许多远在他乡的游子是坐船还乡的吧！他们应该也像我这样眼巴巴地盼着回家过年吧！不，是我像他们那样眼巴巴地盼着回家过年。古往今来的游子，能扛得住四处漂泊的孤独，全因为身后有个故乡在支撑。走得再远、再艰难，毕竟还是有家的人、有根的人。

我喜欢坐轮船回家过年的感觉，简直像是长江水把我送回家的。我本身就是一只漂流瓶吧？漂了很久，又被潮水冲回岸上……过了涪陵，过了丰都，过了万县，过了云阳，就是奉节了。整艘船上都是说渝东话的人，都是回家过年的人，过年的喜庆气氛已提前出现在旅途中。或者说，游子们还没到家，就已经开始预支过年的喜悦了。

也不知那些曾与我同乘过一条船的人，现在都在哪里？还记得1975年我在乘"东方红123"轮回家过年时，认识了船上的团支部书记金何蓉——一位活泼可爱的姑娘。她的能歌善舞、能说会道深深地吸引了我，让我度过了愉快的一天一夜。事后多年，我仍渴望再乘"东方红123"轮，希望能遇见她，遗憾的是未能如愿。毕竟世事变迁，船员都是流动的，我的渴望就只能徒劳了。

工作调回奉节后，仍然少不了到成都、重庆出差时需要乘船，但已少了回家过年的感觉。随着经济的发展，公路逐步提高了等级，而且越来越快捷了，因此坐船的次数也就越来越少。特别是高速公路通车后，奉节到重庆主城就4个小时，再也用不着乘船了。现在重庆主城至万州已开通动车，回奉节又缩短至3个小时。再过一两年，郑万高铁全线贯通，回奉节就只要两个小时了。据说，现在重庆主城至奉节的普通客船已停运，剩下的就是价格昂贵的旅游豪华轮。那些搭乘夜航客轮回家过年的记忆，看来已成绝版。每每与家人和朋友提起想再乘一次重庆主城至奉节的轮船，家人和朋友就讥讽我："脑壳有包，又费时又多花钱，不是想找罪受么？"但他们哪里知道我对乘船回家的那份难忘的情愫。

现在我正着手创作游记散文《边走边说——认知重庆》，正好找到了一个机会——我可以选择适当的时候，从重庆乘船东下奉节，沿途拍摄一些照片，以备出书之用。也可以借此再次回到过去乘船回家的记忆里取取暖了。

我想，这个理由再充分不过了，应该不会遭到家人的反对了吧？

老屋

当时间的溪流远去，我也被无情的年轮推向人生的下半场时，最让我感喟的是老家那几间陪伴了我半个世纪的老屋了。岁月如痕，很多东西随着岁月的流逝而变得模糊，唯有老屋的记忆却愈来愈清晰。

这些年，每每经过老屋，即使不进屋看看，也要停车望上一眼，犹如回望自己走过的脚印。

伫立老屋前，面对它墙体的斑驳、椽檩的腐朽，我心里总有一种失落，老屋已风烛残年，也不知它还能撑多久。

老屋是四进的土木结构瓦房，这在 20 世纪 70 年代初也称得上高门大户。后来，由于几个妹妹都出嫁，我和二弟都搬进了城里，父母也相继去世，历经半个世纪的老屋，也就没人去改造维修了。老屋日渐破旧，它仿佛和我们兄妹一样，也一年一年地老去，与前后左右别的人家新建起的小楼房相比，就有了些格格不入的味道。

岁月的沧桑使老屋往日的风采不再。然而，记忆中的老屋却四季如歌。亦如我自己，总忘不了来时的路。

前些年，幺兄弟建新房将老屋东半头拆除，老屋就如同缺了一只手臂、一条腿，更显出摇摇欲坠的样子。早年有自称懂风水之人说，别看这栋老屋现在破烂不堪，它可是附近风水最好的住宅了。实话实说，我不信风水，觉得没有科学依据，但我相信老屋的确不错。半个世纪以来，我和其他5个兄妹，都在这里长大，在这里谈婚论嫁，算得上人丁兴旺。从老屋发枝散叶的后代已有20多人，大中专毕业生八九人，其中重点大学大学生3人，研究生3人，国家公职人员达10人之多，甚至连父亲落实政策恢复工作，也是在老屋得以实现的。这的确让不少人羡慕。老屋未建前，这里是一片不毛之地，除了有一些仿佛永远长不高的杂树外，连草都长不茂盛。记得父亲要建老屋前，他总是有事无事一个人到这个地方转悠，甚至数次爬上左右两处高地观察。应该说，建老屋这件事，父亲有先见之明。老屋之前的老屋在一个叫"黄桷树"的百年老院子里，地势狭窄，我们的房子挤在其中，没法扩展，两三间房屋根本无法满足一大家子容身。当时国家尚未将建三峡大坝纳入规划，也没有移民一说，父亲居然决定向后迁建房屋。没想到后来建三峡大坝了，"黄桷树"这个老院子要整体向后搬迁，老屋脚下这个曾经的不毛之地不经意成了居民点的中心。在我的认识中，建老屋是父亲一生中最值得点赞的"决策"。其实，那些年是父亲的人生低谷，不仅丢了工作、挨了批斗，身体也屡出问题：肺结核、肝炎、神经衰弱、心脏早搏等，整个人几乎到了崩溃的边缘。为此，我不得不经常耽搁学业为父亲请医拿药。直到20世纪80年代初，父亲恢复工作时，他的身体仍然不怎么好，但父亲终究是一株不易被风雨击倒的老树,他依然倔强地活到了 90 岁高龄才离世。我曾经写过一篇《秋夜,在老家听雨》的散文,发在《华西都市报》副刊,对老屋多有描述,也表达了对老家、老屋、老床的那份不老的情愫。

老屋坐南朝北,与 20 世纪 70 年代所有农村庭院的格局并无不同。木的门、木的窗、木的椽檩,显得朴实而厚重。只是斗转星移,半个世纪不知不觉悄然过去了,岁月把沧桑深深地刻印在了老屋的门楣上。我常常在那斑驳中寻找它本来的颜色,可是却没有找到。也许它原本就没有特别的颜色吧!那黝黑的张着长长裂痕的门楣还是那样坚强地负重着,犹如父亲那坚实的脊梁。窗棂上曾经糊上的报纸还依稀看得见一些文字,像在诉说着不肯轻易忘记的往事。二弟结婚时,我亲手给他新房装上的玻璃窗,仿佛还留存着我的手印。墙壁上粉刷的石灰大部分已经脱落,露出了褐黄色的老底。屋脊也有些许的倾斜,瓦片也凌乱地落了许多。这便是老屋,看着、想着心中不免生发出一些酸楚,也更加怀念逝去的父母。

现在,老屋前后所有的空地都种满了脐橙。当冬日最后一丝寒意还依依不舍地在大地上游走时,山坡上就开满了脐橙花,花儿由淡淡的鹅黄变成纯白,又变成嫩嫩的新绿……往年,每当这个季节,勤劳善良的母亲会在房前屋后翻耕一小块一小块的空地,播下各种蔬菜的种子。我们兄妹回家,在品味到了"枝头青杏小"的诗情画意时,又何尝不会读到"粒粒皆辛苦"的深刻!

如今,老屋早已闲置,作为我们兄妹六人童年的巢,它仿佛已完成了它的使命。父亲在的时候,曾主持了我们兄弟仨分家,我当时很不理解父亲的这个决定:好好的一家人为什么要分呢? 也许我没有父亲看得清楚、想得明白。尽管我不情愿，但在父亲的坚持下，家还是分了。从此各立门户，再也没有逢年过节时，兄弟姊妹算着时间赶回老屋相聚的习惯。特别是父母相继去世后，兄弟姊妹见面的时间就更稀少了，仿佛各自有忙不完的事。有人说，父母在，家就在；父母不在了，兄弟姊妹就成了亲戚。这话似乎有几分道理。

不舍老屋，其实是不舍每次回家，母亲伫立村东头的垭口不肯离去的身影；不舍老屋，其实更多的是不舍往日兄弟姊妹相聚老屋时其乐融融的氛围，以及那呼大唤小的过往。

哦，三角梅……

在这个城市置业已经多年了。数次搬家，大多数花草都忍痛丢弃了，唯独将一株三角梅搬到了新居，栽植在了楼顶花园。这株三角梅也算花遂人意，不仅生长茂盛，而且每年初夏至初冬，它就在那里或浓郁或稀疏地独自开放。2013 年春节刚过，这株跟随我多年的三角梅，又急急忙忙抢在元宵节前开放了。这让我甚感诧异：去年冬天最寒冷的时候，它还在那里不管不顾地怒放，怎的今春又赶了个早，难道有什么好的兆头么？

正当三角梅热烈开放的时候，90 岁高龄的父亲在元宵节头天下午给我打来电话："老大，明天就是十五了，你回来不？"我说："爸，我在重庆，回来不了呢。"父亲说："回来不了就不回来吧……"停了一下又说："老大，再忙，也要注意身体哈。"后来，我听家里人说，这天，父亲一个人独自坐在老屋地坝东头那棵柚子树下，久久凝望着我和孩子们回家必走的那条小路，一直到天黑，保姆马嫂叫他吃饭了，他才失落地回到屋里。

第二天清晨 5 点钟，我接到妹夫打来的电话，说父亲不行了，要我赶紧回家。等我急急忙忙赶回家时，还没来得及和父亲说上最后一句话，老人家就撒手归西了。这成了我一生的痛。就在办丧事的那几天，三角梅又出奇地掉落了全部叶子。我把这件事告诉一个朋友。朋友说："你家这株三角梅简直太有灵性了！它在令尊去世前不顾寒冷开放，是要告诉你："令尊红红火火、清正廉洁的一生就要结束了。花木有情，令尊仙逝后，它可能是悲伤过度才凋零的。"对此，我似信非信。好在儿子这年大学毕业参加国考，一举过关，这又多少给了我一些宽慰。我想，不论这株三角梅是否真的有灵性，但人生如草木，花开花落，有枯有荣。伟人也罢，百姓也罢，概莫如此。

三角梅，不知是哪年哪月引入我们这个城市的，仿佛在不知不觉中它就在这里站住了脚，而且异军突起，成了代表这个城市花卉阵营的排头兵！你看，公园广场、楼顶阳台、庭院花圃，凡是人们目光所能及的地方，放眼望去，一年之中的大多数时间，都能触及这种棱角分明、薄如蝉翼、有色无味的三角梅。就色彩而言，三角梅有紫红的、白的、橙黄的、浅红的、桃红的、玫瑰红的、大红的——真是姹紫嫣红，开得十分热闹，让我们这个城市更显示出了生机勃勃的景象。

我常想，三角梅虽然少了梅花的香气，但它毕竟是"梅"，有着"梅"的圣洁、梅的芳艳。就拿楼顶上与我相依相伴了这么多年的它来说吧，我是多么的离不开呀！看到它那艳丽多姿、充满活力、笑容满面的身影，不论我情绪多么糟糕、精神多么萎靡，都会顿时好了起来。我想，这美艳无比的三角梅，代表着坚强勇敢、美丽大方、优雅灿烂。它是女人的花，如我们这个城市所有的女人——以她们的美丽、温润和亮丽，装点这个城市的每一个角落，让这个城市一年四季都充满生机，勃勃向上。

哦，三角梅……

二　见　证

圆了，住房梦

　　住房，是人类基本生存的物质基础。而我对住房的渴求，始于童年和青年时期因住房拥挤带来的痛苦经历。

　　20 世纪六七十年代，国家还未推行计划生育的基本国策，所以父母生育了我们兄妹六人。加上爷爷，家里九口人吃饭，全指望父亲当公社干部的那几十元薪水，根本无钱建房子，一家人就挤在两间破瓦房里。因为住房拥挤，爷爷长期寄住在别人家，父亲也尽量住在公社里的两人间干部宿舍，好几个月也不回家。偶尔回来一次，就在床与床之间拉上一块围布，一家大小就睡在同一间房里。大概是遗传基因吧，我们兄妹几乎都是小小年纪就比别人家的孩子长得高大。在这种住房条件下，人的高大，无疑更加剧了空间的压力。房屋的狭窄拥挤，仿佛把人也给挤扁了。那时，我曾天真地想，要是我们一家子都袖珍一点该多好啊！这种住房状况，直到我 16 岁参军也没有得到改变。

　　后来，我退役在川西地区工作了 10 年，却迟迟不愿结婚，一心要在家乡找个有住房的女子，想以此摆脱父辈们所经历的住房困窘的境况！但事与愿违，计划经济年代，有住房的女子实在难找，眼看快 30 岁了，结婚成了当务之急。在父母的催促下，我还是在家乡找了一个住集体宿舍的女工。结婚后，我再次遭遇了住房的尴尬。每次回家探亲，都要工厂领导跟同室的女工商量，请她到其他宿舍暂住。为此，我曾感叹：没房子找女人难，找房子比找女人更难！

1984 年，我从川西调回奉节，安排在县城工作。记得商调时，单位领导开门见山地告诉我，单位没有住房，要自己解决。为了妻子和年幼的女儿，我不得不接受没房的现实。每天晚上，等别人都下班了，我就在办公室的长椅子上铺上被子睡觉，早上又将被子卷起放在柜子里。我一个人还可以这样对付，但一到周末我和妻子就无家可归了，有时只好去县城的小旅馆开房，这花钱不说，还得无休止地接受登记时那些大妈、大嫂甚至小妹儿的盘问。那时候男女同住旅馆，是要出示结婚证的，我总不能把那东西长期揣在身上吧？有好几次，旅馆服务员竟把电话打到单位核实我和妻子的身份。经历这些尴尬后，妻子和我商量，决定开始存钱，一定要有自己的房子！于是，我到银行办了一个零存整取的存折。为了早日存够买房子的钱，妻子进城宁肯步行也要省下三角钱的车费，我也是生活上尽量节俭，职工食堂每天中午都有回锅肉之类的荤菜，但我仍然坚持每周只吃一次肉，甚至 10 元稿费也要存进折子里。

其实，那个时候，商品房建设还没有大量兴起，即使有钱，在我们县城也是没房可买的。直到 1990 年夏天，我县有史以来第一栋商品房建成。消息公开后，形成了一股前所未有的抢购风。我赶紧找关系拿到一套 $38m^2$ 的小户型，在亲戚朋友们的帮助下，钱也很快凑齐了。尽管只有一室一厅，但我和妻子的心情仍然可以用欣喜若狂来形容。我们彻夜商量房屋的布置，把仅有 $5m^2$ 的厨房改作女儿的卧室，厨房就移到小阳台上。记得搬家那天，8 岁的女儿高兴得不得了，雀跃着在新房里窜进窜出。住进新房的第一个晚上，我和妻子都哭了。那是高兴啊，因为我们终于有了属于自己的房子。

1992 年，单位为解决职工住房困难，在县城中心地带将原有的旧房推倒，集资建起了一栋集办公、住宿为一体的综合楼，我也集资了一套 $68m^2$ 的两室一厅的住房。1994 年春节，我们一家再次住进新居，虽然没有了第一次拥有住房的激动万分，但感觉房子大了，眼睛亮了，心情自然和往常不一样。妻子还说，以后再也不想搬家了，一副怡然自得的神情。

随着三峡工程水位的上涨，奉节老县城整体搬迁。2003 年我又在新县城购了一套 100 余平方米的住房。原以为今生再也不会换房子了，未曾想到，女儿大学毕业后，被选调到万州区当了公务员。2006 年，我又在万州区最好的地段买了一套 $135m^2$ 的电梯房，一家人住进了三室两厅两卫的宽敞房子，终于圆了住得下、住得舒适的住房梦。

白帝城，诗情与战火燃烧的地方

在长江三峡第一峡——瞿塘峡口的长江北岸，有一座青葱苍郁的孤岛，孤岛的山巅上有一座红楼彩亭的庙宇，它就是古今中外声名远播的白帝城。

白帝城今属重庆市奉节县管辖。奉节是古夔州的治所，历史文化积淀深厚，三国文化、诗歌文化是其历史文化的主流。奉节也是全国唯一被称为"诗城"的地方。历史上的大诗人，如李白、杜甫、白居易、刘禹锡、苏轼、黄庭坚、范成大、陆游、王十朋等都曾在这里流下了足迹。李白的《早发白帝城》家喻户晓，老幼皆知。杜甫一生留下了1200余首诗作，而在夔州就写下了400余首，占全部杜诗的三分之一，特别是他在奉节创作的《登高》《秋兴八首》更是代表了杜诗的最高成就。刘禹锡的《竹枝词·杨柳青青江水平》也是脍炙人口的名篇佳作。

有人说李白成全了白帝城，刘备成全了奉节。这话有一定道理。因为李白代表了诗情，刘备代表了战火。

余秋雨在《三峡》一文中说："白帝城本来就熔铸着两种声音、

两种神貌：李白与刘备，诗情与战火，豪迈与沉郁，对自然美的朝觐与对山河主宰权的争逐。"余先生是睿智的，他一眼就看透了白帝城的内涵，一语就道出了白帝城的全部。是的，白帝城虽然久经战火浩劫，但它更是属于诗的，是诗情与战火熊熊燃烧的地方。

余秋雨的这段话为白帝城的历史找到了注脚。

白帝城是集自然景观、人文景观为一体的旅游胜地。船行江上，凭栏远眺，只见白帝山上"城尖径昃旌旆愁，独立缥缈之飞楼"，红墙绿瓦，画图飞檐，掩映在绿树丛中，十分抢眼。

凡是到过白帝城的人，无不被这里幽深的自然景观、厚重的历史文化所吸引。特别是极具研究价值和观赏价值的碑林以及凄凉悲壮的刘备托孤堂更是让人流连忘返。走进白帝庙，如同走进了一座博大精深的历史博物馆，不少人都想知道为什么这里叫"白帝城"，白帝城与白帝庙是什么关系。这是一个很长也很悲壮凄美的话题，多少年来，不少专家学者以及古夔州研究爱好者都在为此奔忙。

今天的游人，看见白帝城的红砖绿瓦、雕梁飞甍有可能会误认为，历史上这里是文明祥和的摇篮，其实这里也是战火燃烧、生灵涂炭的罪恶之地。

让白帝城闻名世界的是《三国演义》的故事，而白帝城的得名，"功劳"却要记在公孙述的名下。当然，白帝城的含意，远非公孙述、刘备所能概括。那些造就了白帝城、丰满了白帝城的历史人物，他们没有料到在他们身后，一座孤山竟成了中华民族血与火历史的见证。这里既有民族文化的潜藏，也有中华文明的记载。

它像一枚严肃的书签，夹在了中华民族历史的长卷中。

史料记载：西汉末年，王莽篡位，由于改制失败，社会矛盾十分尖锐，不久即爆发了著名的绿林、赤眉起义。公元24年，王莽被起义商人杜吴杀死。公元25年六月，西汉宗室刘秀登基，史称汉光武。从此，开启了东汉王朝近两百年的历史。刘秀登基，全国还没有完全统一，割据四川称帝的是王莽手下的大将公孙述。

公孙述，字子阳，茂陵人。茂陵即今天的陕西省兴平市。公孙述因干练果敢，深得王莽信任，被任命为导江卒正。公孙述派大将任满镇守瞿塘峡口。为防御刘秀，任满在白帝山一带据险筑城，公孙述用自己的字赐名子阳城。后来，公孙述在府殿前看到一口古井中冒出白气，宛若白龙腾空。这本是泉水冬暖夏凉，特别是冬天井内与外面气温形成反差产生的一种自然现象，而任满则以为是祥瑞之兆，向公孙述大加吹嘘。公孙述对此就更是深信不疑，遂于公元25年四月称白帝，将子阳城改为白帝城。公元36年，当了11年皇帝的公孙述被刘秀打败，后战死成都。公孙述实际统治四川长达28年。由于这28年西南地区比较安定，基本上没有受到中原战火的影响。加上公孙述屯垦戍边，百姓过着安定的生活，所以他死后，当地百姓十分怀念他，即在白帝山上修建庙宇并塑像祭祀公孙述。这就是白帝庙的来历。而现在，在白帝庙里却"住"着刘备和他的臣子们，反而找不到公孙述的影子，这多少让我觉得有点不公，有点鸠占鹊巢的感觉。

关于公孙述，民间还有另一种说法，说公孙述不是战败而死，而是乘白龙升天了。这显然是西南地区百姓的美好愿望，不足以信。其实，公孙述到底是战败而亡，还是乘白龙升天而去，这都不重要了。江水奔流不息，历史已翻开了新的一页，成王败寇使然。就其地理位置而言，白帝城不只是躲避战难的堡垒，它更是三峡的咽喉。杜甫有诗曰："中巴之东巴东山，江水开辟流其间。白帝高为三峡镇，瞿塘险过百牢关。"（《夔州歌十绝句（其一）》）当白帝城迷幻的外衣渐渐消散之后，它便更多地打上了另一种印记：刀光与剑影，兵燹与战火。所以，在文人墨客的记忆中，白帝城似乎更多的是与苍凉悲壮的情感联系在一起的。

关于白帝城，最伤感的传说肯定是刘备托孤了。一部《三国演义》，让白帝城名扬海内外。大家知道，关羽大意失荆州，败走麦城，被东吴大将吕蒙所杀。刚当皇帝不久的刘备为了替关羽报仇，收复荆州，不听群臣苦谏，亲率大军攻打东吴。夷陵一战，被东吴大将陆逊火烧连营 700 里，蜀军损兵折将，损失十分惨重。刘备在赵云等众将的拼死保护下，退守白帝城。此时，刘备身边只剩下百余人。他感到无颜再见蜀中父老，同时也不甘心被年轻的陆逊打败，于是兵扎白帝城，企图东山再起。但由于年事已高，62 岁的人了，吃了败仗又气又急，不久得了重病。他感觉自己将不久于人世，于公元 223 年二月写下紧急诏书，留太子刘禅守成都，召丞相诸葛亮、尚书令李严等，星夜兼程来永安宫听受遗命。刘备在生命弥留之际，将国事、家事一并托付给诸葛亮，这就是历史上有名的刘备托孤。

白帝庙里最大也是最古老的殿宇——明良殿，是一座饱经沧桑的历史建筑，建于清康熙十年（公元 1671 年）。"明良"的意思是汉代的明君良臣。明君，指的是刘备；良臣，指的是诸葛亮、关羽、张飞。为什么只塑这三个良臣呢？因为时任夔州巡抚的蔡毓荣认为，刘备能建立蜀国，三分天下有其一，主要靠的就是这"一龙二虎"。但也许很多人不知道，这里最早供奉的不是刘备君臣，也不叫明良殿，而叫"公孙帝祠"，祭祀的是白帝城最早的主人——公孙述。明正德七年（1512年），夔州巡抚林俊认为公孙述是乱臣贼子，于是毁掉公孙述的塑像，改塑马援、江神、土神，并取名"三功祠"。马援是公孙述小时候的好朋友，后来归附刘秀，被封为伏波将军。明嘉靖十一年（1532年），夔州巡抚朱迁立改"三功祠"为"义正祠"，祭祀刘备、诸葛亮、关羽、张飞。25年以后，巡抚段锦又将"义正祠"改为"明良殿"。到了清康熙年间，明良殿已经摇摇欲坠，破烂不堪，蔡毓荣带头捐资，重新修建，使明良殿焕然一新。后又经过清咸丰二年（1852年）和1975年两次整修，明良殿得以完好保存下来。

令人遗憾的是，当文明社会进入20世纪60年代末，白帝城明良殿内的刘备、关羽、张飞和诸葛亮塑像遭到破坏。现在大家看到的塑像是后来修复的，"四百年前的身子，八十年代的脑袋"，堪称古今完美结合的典型。

今天的人们早已无意去品评公孙述、刘备等历史人物的功过，也不管他们是推动了历史的发展还是阻碍了历史的进步，但有一点可以肯定，是这些历史人物成就了白帝城的声名远播，引来了世界各国的游人，创下了可观的经济利益。从这一点说，人们还是很感谢这位自称"白帝"的公孙述及借屋躲雨的刘备的。

相传，白帝城还是古巴国与秦国发生战争的地方。这次大的战争浩劫，巴国人被撵到了瞿塘峡的悬崖上，前无去路，后无归途，全部战死，从此巴国灭亡，盛极一时的巴人文化也神秘消失，留

下了千古不解之谜

阅读白帝城的历史，里面有许多我们熟悉的诗人名字，这里就不一一列举了。但是，最不能忘的是李白那首《早发白帝城》给我们留下的美丽意境：

清晨，绚丽的朝霞烧红了天际，李白起了个大早，远行的小船刚刚解缆，就很快驶入江心。清风舞弄着诗人飘飘的衣带，诗人拈着稀疏的胡须，兀立船舱，吟诵出那旷世绝唱。那声音像纯银一般，在两岸飘荡回响，与猿声汇成合唱。可惜李白到了江陵，就连一碗黄酒也讨不上喝！这是诗人的悲哀。的确，李白这首诗漂亮，白帝城作为三峡的头也开得漂亮。这也是余秋雨的《三峡》一文中所描述的意境。如果我们让视线投射到1200多年以前，去关注一位一生颠沛流离、穷困潦倒的诗人，那么，就更能体会到白帝城的诗情了。

也许是同一个季节，也许是同一条水道，一条小船靠岸停泊了。一位须发花白的老者拖着疲惫的步履踏上了古夔州的土地。他，就是杜甫。

当李白乘着一叶扁舟顺江而下时，似乎还有一缕残存的盛唐气象伴随着这位心比天高的贬谪诗人。但是自从他离开之后，白帝城的天空便暗淡了下来。饥肠辘辘的杜甫带着一路的疲惫和对大唐王朝的满腹失望，从成都一路漂泊，悄然来到了夔州，最后定居于白帝城的西阁。耕田植桑，种麦养鸡，生存的需要使这位诗人不得不勤于农活。但是，饥寒与疾病几乎压垮了这位倔强的诗人。他虽然才50岁出头，却已齿牙半落、肺病缠身。一壶浊酒、数亩柑橘林支撑着他对生的希望，但真正能使他那颗衰老的心燃烧出火焰的，却依然是他一生不能割舍的诗情以及峡江和白帝城这片产生诗的土地。

唐代宗大历三年（768年），安居了三年的杜甫又动身了，继续着他的漂泊动荡的一生。在他船入夔门、回望白帝城的一瞬间，昏花的老眼中似乎还翱翔着一只孤独的沙鸥。他带走的是贫苦，是愈加沉重的哮喘以及56岁的老迈身躯，而给夔州留下的，是400余首凝结着诗人理想和生命的诗作。在此，我们不妨虔诚地闭上眼睛，静静地聆听这位诗歌的使者留给夔州的绝唱吧。

风急天高猿啸哀，渚清沙白鸟飞回。无边落木萧萧下，不尽长江滚滚来。万里悲秋常作客，百年多病独登台。艰难苦恨繁霜鬓，潦倒新停浊酒杯。

即使在今天，如果我们站立在白帝城最高处，望着岸上的点点星火，心中也会产生一种莫名其妙的孤独感。《登高》是杜甫在人生最困难时登白帝城所作的，萧瑟的秋天，在诗人的笔下被写得有声有色，而引发出来的感慨更是动人心弦。全诗写秋天，写落叶，写病痛，诗人心中怎一个"悲"字了得！

白帝城内的碑林和竹枝园不仅存有大量古今诗人的诗，还有帝王的诗，封建社会达官贵人的诗也不少。也就是说，有不少固态的诗歌和动态的诗人都在这里留了名。连白帝城的匾额也是大诗人郭沫若写下的，据说这是郭沫若人生中留下的最后一段墨宝。但帝王都是强权的象征，而诗人总是处于弱势，诗人即使为官，也大多命运多舛。历史虽然远去了，留给我们思考的东西却很多。但是，无论历史怎样任人戏说篡改，真正活在人们记忆中的往往不是帝王，不是贵妃，不是将军，而是李白、杜甫这些诗人们。

诗人们远去了，诗歌却留存了下来；战争远去了，疼痛却留存了下来；历史远去了，白帝城却留存了下来。

我不知道史学家怎样评价战争，社会学家怎样评价文明。但我认为，文明和愚昧，创造和毁灭，进步和倒退，往往是一个事物的两个方面。不可否认，战争可以推动历史前进，战争也能毁灭经济，使文明倒退。诗歌则不然，它永远都只能在政治边缘行走，不可能直接影响到政治，但它切切实实反映了一个时代的政治状况、统治者的清明与浑浊。

难忘老城

奉节老县城，一个千年古城在三峡水库二期水位后消失了。

其实，在蓄水之前，作为一个地地道道的三峡人，特别是一个三峡文化人，随着三峡工程的一天天建成，不知有多少次心潮澎湃，潮起潮落。

时间的快车把许多陈年往事都刻在了记忆深处。目睹夔州老城的消失，放眼雨后春笋般成长的新城，我的心情一面是阴，一面是阳。为什么？老城的老街、老巷、老房子，甚至那几段残缺的老城墙，那产生过"每依北斗望京华"著名诗句的依斗门，都留存了我太多的记忆，注入了我太多的情感。老城看着我长大，我看着老城消失、新城崛起。在新旧替换中，城市的道路交通、人们的居住环境，得到了全新的改变，面对这一切，我的心情能不澎湃激越吗？

早在一年前，我就依依不舍地告别了老城的旧宅，尽管单位宿舍尚未建成，但我还是在新城找到了一个临时居所。这或多或少有些不情愿，也有些无可奈何。因为搬与不搬总是由不得自己。

这固然是人之恋旧情绪使然，当然也舍不得自己多年经营的坛坛罐罐。因此，搬来新城后，我隔三岔五总往老城跑，企望在一片废墟中找回一些记忆。在三峡"第一爆"前，我甚至过不了几天就要到曾经居住的老房子里去坐上一阵，去感慨一次，直到"第一爆"把这栋大楼夷为平地，甚至后来根本无法辨认大楼过去所处的位置后，我去老城的次数才逐渐少了下来。

千年古城消失了。

我梦里梦着、醒来想着的老城，今后不可能重现了。无论如何，我都要赶在这一天到来之前，去追忆它，去凭吊它。我选择了黄昏，这是凭吊、追忆、怀古的最佳时刻。你看，远处的星星点点灯火，像离人的泪眼；黄昏中尚未淹没的碛坝看不到尽头，像离人无尽的忧思；蜿蜒平静的江水，像世代三峡人负重前行的身躯。面对遗址，面对即将上涨的江水，我能说什么呢？我又能做什么呢？写一首诗，抑或作一篇长文，恐怕都难以表达我对老城这份难分难舍的告别之情。

每一个人都有着不同的经历。也许我的孩子们没有这份恋旧情结，因为他们对老城的历史缺少认识；也许将来我的孙子不知道老城是什么样子，他们会张着耳朵听我讲有关老城的故事。正是为了他们，也是一个三峡文化人的责任使然，早在几年前我就开始拍摄老城，想让老城永远留在底片上。从这一点来说，告别老城，我是早有了思想准备的。

乡下亲人进城对我说，祖宗的坟已迁了。我说，给他们多烧点纸吧，这怪不得子孙们不孝。再说，为了三峡工程，百万移民都要搬迁，他们不搬怎么行呢！

这些年来，每一年都少不了有几件难忘的事，但 2006 年底三峡工程竣工，肯定是当年最难忘的事了。作为三峡人，这也是人生最难忘的经历。亲眼目睹世界级工程的竣工、江水的上涨，这陌生而新奇的体验，会助我在往后的岁月里看到未曾见过的风景。

夔州古城茶飘香

　　这里所说的夔州古城，是指三峡移民搬迁前的奉节老县城。"夔州古城茶飘香"是过往商贾、游客对奉节老县城茶馆业的赞美。

　　单说茶馆，巴渝大地任何一个小镇上都随处可见，但古城奉节的茶馆却有它的独特之处。它一般不设在清幽僻静的街巷，而是设在闹市、码头或车站，仿佛小孩儿们爱热闹一样，专捡热闹的地方挤。古城奉节的茶馆也不讲布局，而是数个茶馆聚在一起或挤在一条街上，形成"茶市"。早些年，奉节的茶馆亦不讲究档次，搭上棚架，支起炉灶，一排儿的凉椅摆成"一"字或围成一个圈儿，就可以招揽茶客了。但古城奉节的茶馆却有它的独到之处，比如茶艺的娴熟精道——茶倌手提一把长嘴铜茶壶，款款走来，手臂一抬，一个斜转身，像变戏法一样，犹如一股滚烫的玉液，不偏不倚地将你茶杯里的水添加到恰到好处；上乘的茶叶——香山贡茶，有着上千年历史，那是曾供皇帝御用的哦。同时，泡茶所用之水也是挑夫从一个叫"红岩洞"的地方"哼哧哼哧"一把汗又一把汗地挑来的。

　　自古以来，中国是茶的始祖，奉节是茶的故乡。宋代范成大的

《夔州竹枝歌》曰："白头老媪簪红花，黑头女娘三髻丫。背上儿眠上山去，采桑已闲当采茶。"这首诗极富乡土气息，描述了采茶季节的场景。从《夔州竹枝歌》可以看出，奉节产茶历史悠久，奉节茶叶历来被商贾青睐。现在仍在生产的香山贡茶、茅田茶在全国依然很有名气。

古城奉节的茶馆大都使用本县所产的茶，而且十分注重"贫民消费"意识。十几把凉躺椅、几张条桌，长长地搁在高低不平的泥土地面上，门上不打招贴，也不写茶馆名。老板们根本没有想过茶馆还要有名字，他们认为茶馆的名字就叫茶馆，难道还能叫别的什么？他们有点儿像阿庆嫂唱的——"来的都是客，全凭嘴一张。相逢开口笑，过后不思量，人一走，茶就凉"那样经营着各自的茶馆，不管是熟客还是生客，是本地客还是外地客，都一样的热情、一样的笑脸。根据不同时期，茶客只要花上五角至两元不等的钞票，就可泡上一杯茶，喝上一天半天。老板从不使脸色，哪怕杯子里早没有了茶的味儿，开水还是源源不断地给你供应。如果你是在等车等船，老板还可以为你提供棋牌一类娱乐工具给你消磨时光，直到船到码头车到站，才提醒你该结茶钱了。

奉节老县城永安路原有一家最古老的茶馆，由于房屋形状不规则，人们管它叫"尖角茶馆"。据老人们讲，这家茶馆至少有 100 年的历史，茶馆是一代一代传下来的，每一代老板总是清早 6 点起床，捅开煤炭火，从水缸里把水一瓢一瓢地舀进炊壶，然后炖在火上。往往是不等水烧开，最早的几个茶客就来了。这时天刚亮，茶客们吮喝着泡上一杯茶，就半躺半靠在凉椅上品起茶来。人们管这为"吃早茶"。"尖角茶馆"在 20 世纪 80 年代初，被一家单位征地后才不得不停止营业了。

　　古城奉节的茶馆与重庆和成都的茶馆有所不同。重庆和成都茶馆里的椅子一般都是木制或竹制圈椅，奉节茶馆里的椅子，不论春夏秋冬，都是清一色的竹躺椅，茶客时躺时坐，自如得很，舒服极了。

　　有人说，茶馆就是一个世界。奉节的茶馆一般都不大，但小小茶馆却是一个大社会，茶客来自四面八方，各路"神仙"都有，当年川东游击队政委彭咏梧等地下工作者联络接头也少不了在茶馆里进行。茶馆里既有谈论国家大事的，也有传播小道消息的，摆龙门阵、吹牛侃大山随你的便，体现出热闹中悠闲、平淡中超脱的茶文化氛围。一杯茶可以在茶馆坐半天，天南地北的好消息、坏消息往往都是从茶馆里获得。坐茶馆是奉节人的生活习俗，家里有茶不喝，偏要到茶馆喝茶。有些来自乡下的茶客，为了热闹，宁肯跑几里路也要到城里的茶馆喝茶。他们说，图的就是茶喝得爽快，聊天聊得轻松自在。而且心里琢磨的有些事在家里理不出头绪，在茶馆里就可以想得明明白白，要做的大事也可以在茶馆里谋划得透透彻彻。茶馆虽小，但茶客可以在这里看人来人往，听各种不同方言寒暄神侃。哪怕你是外地生意人，谁也不认识你，你也不认识任何人，在茶馆里绝对没有孤独感。一杯清茶相伴，偶尔关心一下邻桌的牌局，或听一听对面大爷自豪地吹起"当年勇"，这时你会感到，在最热闹的茶馆，人却变得更加简单，茶客之间没有高低贵贱之分，平淡漫长的时光会不知不觉地滑过。

　　奉节历史上之所以茶馆业兴盛，追溯其源，除了自古沿袭的生活习俗外，与地理、气候等环境也有密切关系。奉节地势陡峭，人们爬坡上坎，走得脚炕腿软、汗流浃背、口干舌燥时很自然就想找个歇脚解渴的地方喝杯茶。因此，在奉节很多地方，往往会在坡顶和石梯高处、转弯的街口就有供人歇脚解渴的小小茶馆。

茶馆文化也是民族和地区的社会习俗，是精神和物质文化的具体表现。抗日战争爆发前，茶馆业在奉节达到了鼎盛，商贾、水手、闲杂人等都喜爱出入茶馆，茶馆成了龙蛇混杂之地。在茶馆业鼎盛时期，小小县城茶馆多达 50 多家。其特色是"书场茶馆"，又称艺人茶馆，是品茶与欣赏民间艺术的地方。特别是晚上能在茶馆登台说书的人，都是说书的高手，所以人们又把茶馆称为"品仙台"。挂牌说书，看谁有绝技高招，谁能争取更多的茶客，谁就能得到红包。哪一位说书人讲得好，茶馆的生意必定会更加兴隆，老板自然高兴，说书人得的红包也就越厚实。昔日奉节老城的大南门、小南门、大东门、小东门、叩头桥是茶馆最多的地方。

茶馆为过往客人提供了方便，也带来了不小的效益。长期以来水上进出是奉节的必经之路，候船、接客，没理由不进茶馆小坐，所以老县城大南门一带茶馆林立。茶客泡一杯清茶，靠在椅子上，望着一江的风情，自个儿陶醉去了。随着改革开放的春风吹起，茶馆老板们也努力改善服务水平和提供更多的服务，进入 20 世纪 80 年代后，一些茶馆老板别出心裁，还在茶馆开设床位供茶客休息，有的还增设了音响设备，供茶客自娱自乐。

古城奉节茶馆多，故事也多。在三峡移民搬迁前，仅奉节码头就有数十家茶馆，十分整齐地排列在石梯两旁，特别是枯水季节，茶馆一直延伸到江边。茶香飘逸，吸引着来来往往的茶客。夔州千年古风系于这些最市民化的茶坊，茶馆沉淀着古城奉节深厚的历史文化。

电商男女

"梦从哪里开始，色彩就从哪里斑斓。"这是奉节词作家熊中元的两句歌词，意思是人生的成就是从理想开始的。

家乡奉节盛产诗歌，也盛产脐橙，有着"诗橙之乡"的美誉。而我的出生地三沱村那更是一个神奇的乡村，改革开放以来，村里接待了多位党和国家领导人，包括国务院总理。村里还出了市级劳模和全国最美乡村医生。仅2021年，三沱村就获得了"全国乡村治理示范乡村""全国乡村特色产业亿元村""第十一批全国一品村示范村""中国美丽的休闲乡村"等殊荣。每每聊起这些，我的那些淳朴厚道的父老乡亲们免不了把自豪写在脸上。

诗歌让家乡闻名，脐橙让家乡富裕。但前些年，年年盛产的脐橙销路总是"月有阴晴圆缺"，谁也说不清哪年好，哪年不好。因为脐橙是季节性水果，储存期不能太长，时间长了卖不出去，就会分文不值，这难免让不少果农犯愁。这不，每年脐橙成熟后，漫山遍野的脐橙，把果园镀成了金色，煞是壮观！果农们却是一边采摘丰收的果实，一边流淌硕大的汗珠，提心吊胆地谋划果实的销路，真是既喜又忧。有的果农甚至产生了砍树种粮的想法。

自从农村兴起电商后，县里出台了多项鼓励支持电商发展的政策，还制定了具体的发展措施，要求达到县有中心、镇有站、村有点、户有店的一体化电子商务体系。2018 年，县政府还着手建立电子商务产业园。在政府的支持下，电商迅速发展，"王侯将相宁有种乎"，不少世世代代与泥土为伍的果农也跃跃欲试，想以此摆脱脐橙销售的瓶颈。

三沱村的毕清河算是最早尝到网络销售脐橙甜头的果农之一。他和妻子儿女全家人上阵，先是利用网络销售自家的脐橙，后来发展到销售左邻右舍及本村的脐橙，现在他利用快递加淘宝的模式，仅 2018 年就销售脐橙近 20 万斤，成了全县电商大户。

单大美是个典型的农村妇女，没有多少文化，前些年凭着对种植脐橙的热爱，报名参加中国第二届脐橙文化节"脐橙王"评选，还荣幸地获得"脐橙王"美誉。前不久，我曾试着考她，电商是怎么回事？她笑了笑，不假思索地说："电商就是在网络上做生意哈！大哥，你也太小看我了！"据说单大美 2019 年也打算开展电子商务销售脐橙的业务。

前几天，经人介绍我认识了朱衣镇三塘村电商大户、歌词作者熊中元。第一印象，这个熊中元也没什么特别之处，但他确实算个奇人。奇就奇在他的人生起伏：20 年前，县党报要招人，本来只通知了他参加考试，他却带着自己的堂弟一起去考，结果堂弟考上了，他落选了。之后，他南下广东打工，几经打拼，在东莞有了自己的一家电子玩具厂，每年收入不菲。因为他有写诗的底子，业余时间便进行歌词创作，逐步成了在全国有影响的歌词作者。他创作的歌词在全国先后获得 20 多次大奖。不少歌词被一些省、市采用。如秦皇岛市旅游形象宣传歌曲《与你一起面朝大海》、湘潭市妇幼保健院院歌《大爱无疆》，都是熊中元创作的歌词。2017 年 10 月，在"幸福西宁·城市之歌"全国歌曲征文大赛中，他的歌词《幸福在西宁》由湖北著名音乐人刘启明作曲，摘得第二名（银奖）。这样一个有潜力的歌词作者、私营企业主却于 2015 年底毅然放弃东莞的工厂回到家乡种植脐橙，从事电商，这不能不说需要一定的胆识。他 2016 年开始做电商，当年就创销售脐橙 15 万多斤的业绩。用他的话说，平均每斤赚 1 元，去年他就纯赚了 15 万元。更重要的是，还为果农们分了忧解了难。

现在，家乡的果农不少人都会做电商，他们个个都想当老板。和他们聊天，常常是口不离"微信""淘宝""支付宝""线上线下"这些新名词，电商业务做得越来越专业。奉节农村电商，短短几年，从无到有，已成燎原之势。2015 年网络销售脐橙突破 1.5 亿元，脐橙网商从 254 家迅猛增加到 1600 多家，被阿里巴巴评为农村淘宝 2015 年度最具活力县域。

农村电商，将把传统的农民种销模式带进全新的网络销售模式，减少中间环节，让农民得到最大的实惠。

手机往事

长期以来，我有个习惯，只要上街，老爱逛手机专卖店。

每次一走进手机专卖店，仿佛就陷入了手机的"四面埋伏"。那些品种，那些款式，那些热情的售机小姐，真叫人应接不暇。华为的、三星的、苹果的应有尽有，加之售机小姐不厌其烦、滔滔不绝的推销，让我有种若不买上一部，就像对不起别人的感觉。想想这些年来什么变化最大，大概就是这"飞入寻常百姓家"的手机了。曾几何时，它还被尊称为"大哥大"呢！上世纪末，能手拿一部大哥大，简直就是亮瞎了大家的眼。但现在，连刷皮鞋的、挑扁担的、捡破烂的手里都攥着它。在本县的商业大道上，我曾几次见到有乞讨者坐在街旁，面前放着盛钱的盒子和乞讨用的碗，手里却拿着手机在谈笑风生、玩微信。每每看到这样的情景，我想到了什么？那就是：岁月不觉，人已苍老，分明是十几年前的事，咋就恍如昨日一般。手机"堕落"到如此地步，怎能不让人顿生感慨呢！

曾记得 20 世纪 90 年代初，我托电信部门的熟人，花了 4200

元装了一部固定电话。紧接着单位花 2000 多元给中层以上干部配传呼机，我也得了一个，兴奋得几夜没睡好觉。别看那香烟盒大小的东西，可挂在腰间那也酷极了。至于"大哥大"，乃是名副其实的"江湖老大"了：它个头大——拿在手里就如同拎了半截砖似的，一朋友和人打架，硬是用它把人家的头砸了一个口子；价钱大——动辄一万多元。别看它价格不菲，却紧俏着呢，平民百姓自然无缘和它亲密接触，用得起的就是当时的老板了。那时，常常看到有些老板，手里提着"大哥大"，脖子上套着一根特粗的金项链，无论走到哪里，虽有些俗气，但也算是地位和财富的象征。

我开始用手机是上世纪末的事，还是托电信部门的熟人，花了近万元才买到一部摩托罗拉 480 翻盖手机。为了节约资费，腰间总是挂着两样东西——传呼机和手机。传呼机一响，赶紧取下手机回，手机号码一般是不告诉别人的。手握一部手机，在走动中接打电话，那可是生活中一道耀眼的风景，一定会吸引众多眼球的。我们单位就有一位同志，虚荣好胜，只要腰间的传呼机一响，他就有模有样地取下来一看半天，然后不慌不忙地取出手机，拨完号，便一手插在腰间，一手举着手机，头仰得老高，大声地和对方讲话，声音大得仿佛几里外都能听得到，以显示他在用手机。还有位老兄，买了手机却自始至终未见他用过。一年后，我和他儿子外出办事，路上闲聊时问起他爸手机的事，他说："我爸看当时手机紧缺，买回后就锁在了抽屉里，等着增值呢！谁知道过了几个月，价钱就开始往下掉。一看不对劲，我爸又赶紧把它转卖了，活生生折了几千元！"

至今，对于我来说，手机情结仍然未变。现在手机信息量大，各种软件多如牛毛，再好的手机用不多久就开始卡，所以每两年我必换手机。不仅如此，儿女们也为我买手机，前不久，我儿子还花了近 6000 元为我买了一部三星曲屏手机。

我想，透过手机这小小物件的不断出新、使用人群的高度普及，不正是折射出了改革开放后人们生活水平的提高么？同时，也是国民经济高速发展的一个缩影。

巴蜀茶馆文化

巴蜀自古为一体，茶文化也一脉相承，但相同之处也有细微差别。比如川西地区茶馆的椅子多为圈式座椅，而重庆的三峡地区茶馆的椅子多为躺式竹椅。

饮茶习俗是重庆文化的一个重要特色，不仅历史悠久，而且在饮茶的方式、茶馆的情趣上都别具一格，体现出重庆古老文化传统和迷人的魅力。抗战时期寓居重庆的一位作家，在回忆重庆生活时，还在香港《星岛旅游》杂志上撰文说："领略巴黎的风情在咖啡馆，领略重庆的风情在茶馆。写重庆，不可不写茶馆。用盖碗泡茶，泡上一碗，三朋四友，躺在竹椅上谈天，想谈多久就多久。"足见重庆茶馆浓郁的巴渝风情韵味，为海内外游客所赞赏。

重庆人饮茶之风俗，历史悠久。据专家们考证，早在唐代品茶专家陆羽所著的《茶经》一书中就写道："茶者，南方之嘉木也……巴山峡川有两人合抱者。"西汉学者王褒在《僮约》一书中，就记载巴人家中烹茶待客的情景："舍中有客，提壶行酤。烹茶尽具，已而盖藏。"在晋代还有"蜀中饮茶冠六清"的诗句。自古重庆城就有"城门多、寺庙乡、茶馆多"之说。重庆的茶馆遍及城乡、大街小巷,坐茶馆吃茶,成为市民生活中不可缺少的习惯。重庆城茶馆之多,可见于 1947 年 3 月重庆《新民报》所载:"方圆不到 9 平方公里的半岛城区,就有茶馆 2659 家之多。"由此足见重庆人饮茶习俗之盛。

坐茶馆是重庆人的生活习俗,一般称喝茶为"吃茶"。历史上整个重庆城没有公园〔直到民国十八年(1929 年)始有一处占地 1200 平方米"尺地寸天"的公园〕,茶馆就成为人们休息、散心解闷的好去处。过去重庆城市居民居住环境狭窄,亲友来访,无法在家中接待,往往起身招呼亲友:"走,茶馆吃茶去。"以茶待友、以茶会友,促膝谈心,既体面又方便。泡上一碗茶,想谈多久就谈多久,花费无几,十分方便。如若进一步分析,重庆人的饮茶之风,与重庆人爱"摆龙门阵"习俗密切相关。重庆人豪爽热情、幽默风趣,男女老少都喜爱闲聊,闲聊起来就没完没了。茶馆是人们聚会聊天的最好去处。"摆龙门阵"已成为重庆人聊天、闲谈、说故事、谈家常特有的代名词。坐在茶馆,手捧香茶,无拘无束,海阔天空,天南地北,前三皇、后武帝,古往今来,陈谷子烂芝麻,无一不是谈资。在茶馆可听到家中听不到的、报纸上没有的逸闻趣事和小道消息,还可以各自发泄内心的思想感情,实在是人们调剂和丰富精神生活的一种享受,是不坐茶馆的人,难以领会到的乐趣。

重庆茶馆与其他城市的茶楼、茶园不同。北方茶馆的那种高桌长凳,大瓷茶壶、茶碗,茶客难以久坐,大壶泡茶既不耐喝,尤难调动饮茶品茗的情趣。传统的重庆茶馆,竹躺椅前摆小茶几,可躺可坐，久坐不累，端茶顺手，搁茶方便。一盏"盖碗"，慢慢品茗，店主从不下逐客令，想坐多久就坐多久。如有事离开，只需将茶盖斜放在茶托上，堂倌就会给你保留。重庆人饮茶讲究水好、茶好、茶具好，过去都用两江的江水，有的是从太平门江边取水，店家用沙缸过滤，打起"河水香茶"的茶招儿招呼茶客。重庆人历来喜爱色艳、味浓、耐泡而味醇回甘的云南下关坨茶。坨茶是装模压制，外形如北方窝窝头的再制茶，具有消暑解热、去腻生津的功效，深受气候炎热的重庆人所青睐。至于茶具，精巧美观的"盖碗茶"出自巴蜀。相传是唐德宗建中年间（780—783 年）川西节度使崔宁的女儿发明的。原来的茶杯没有衬底，端着烫手，放在桌上又不固定，崔宁之女巧思设计了以小漆木盘承托茶杯，名叫"茶托子"。有了茶托，吃茶时既免烫手，又使茶杯在桌上固定，人人称便。重庆人饮茶的茶具十分考究，茶杯是江西景德镇上等细瓷，茶托（茶船）是铜质或锡质，上面雕刻着图案，本身就是一件工艺品。茶盖、茶杯和茶船组成三大件头的茶具，古朴典雅，形成巴渝独特的盖碗茶文化，后发展到南方，在官场和民间普遍流传。用盖碗茶方能体会茶文化的韵味，头开鲜开水泡的茶，浓汁沉在碗底，用茶盖来调节茶味，轻刮茶味淡些，重刮则茶味浓些，喝时不必揭盖；放正则密封防止茶味外溢，侧放则散热凉得快些，半扣半闭浮叶既不会入口，茶水又能徐徐沁入口中。金船瓷杯，慢拂盖碗，细细品茗，姿势优雅，情趣盎然，是巴渝茶文化独特的风情雅趣。

茶馆业也十分讲究店堂的服务，跑堂的茶倌称"幺师"，必须练得一手掺茶的好手艺。大凡一个熟练的幺师，只见他左手提着细嘴铜茶壶，右手五指将 8 副茶碗、茶盖、茶船叠成扇状，走到茶桌前，眨眼之间，"哗"的一声，干净利落地依次"梭"到茶客面前。开水掺满到碗沿，却滴水不漏、不溢，实在令人叹为观止。几十张条桌，众多的茶客，他穿梭其间，照例是先吃茶后付茶资。幺师眼观六路，耳听八方，不断地掺茶、收碗、收款找补，却做到不错、不漏。但在旧社会，幺师收入低微，老板每天只付他 10 碗茶的工钱。全靠客人自带茶叶卖白开水（称为"玻璃"）和出堂的开水钱，算他们的"奖金"。这种掺茶的绝技，新中国成立后受到重视，也常被视为"国粹"。

明末清初，随着商业的繁盛和城市的发展，茶馆又成为各行各业、各个阶层、三教九流社交活动的场所。20 世纪 30 年代初，重庆城各行业的同业公会都移入茶馆，全城一百多个同业公会都有自己的行业帮口茶馆。当年重庆商业茶馆很有特色，不兴挂牌，买卖双方购销议价用行帮暗语或在袖笼子里伸拇指出价还价。只见茶客穿梭往来，谈得拢就谈，谈不拢就把茶盖斜放在茶托上，起身离座去找第二家。在茶馆里陈列货样、散发仿单（广告）宣传推销、同业间的纠纷债务，多由会董出面在茶馆调解平息，当天的茶资由输了的一方付钱。同时，多数茶馆又是封建行会哥老会（"袍哥"）的堂口茶馆。重庆历来就有"不是袍哥不做馆"之说，袍哥势力无所不在，不少民事纠纷、打架斗殴不找警察、保长，不去法院，而是在茶馆由袍哥大爷来主持，叫"吃讲茶"，说得脱，走得脱，输了赔礼道歉、付茶钱。另外，还有文化人聚会的文化茶馆。文化茶馆在重庆城形形色色的茶馆中出现较晚，是抗战陪都时期的产物。当年云集山城的文化界人士，过着清贫生活，住房困难，交朋会友找个清静的茶馆最为方便，于是街头出现以招徕文化人茶客的文化茶馆。著名的有大梁子青年会的"江山一览轩"茶社、七星岗的"中心茶社"、中央公园的"长亭茶馆"。这类茶馆大都有点僻静，店堂雅清，有的还挂着名人字画。文化茶馆，以茶会友，谈诗论文，谈天说地，交往叙旧，有的作家就在茶馆里写作，有的记者在茶馆交换新闻、赶写快讯。因此，文化茶馆成了文化人的好去处。当年国泰电影院右侧的"新生活茶馆"就是电影戏剧界文化人聚会吃茶的地方，会仙桥的"升平茶馆"则是戏曲界和票友们聚会的场所，文化人最爱去的还是大梁子青年会的"江山一览轩"茶社。这里高踞临江的制高点上，店堂宽敞雅致，坐在临江窗前的茶座上，远眺南岸群峰叠翠，俯视窗下百舸争流，看滔滔江水，白帆点点，令人情思飞扬。著名的新闻学家顾执中在一篇游记中写道："重庆素以摆龙门阵著称……重庆茶馆为外界了解重庆风情，提供了一个多彩多姿的窗口。"

历史回音与现代文明交织。今日的重庆茶馆，虽在寸土寸金的繁华闹市中心少见，但中心地区的背街小巷和城郊街道仍然是随处可见，茶客如云。与往昔不同的只是多了彩电和空调，即使低档的茶馆，也要安装几把吊扇。城郊乡镇茶馆更是热闹非凡、高朋满座，店堂交易活跃，门前摊点林立，构成现今商品经济发展、市场活跃的特有景观。近几年，街边道旁又出现"洞天茶馆"，即利用抗战时期遗留下来众多的防空洞和"平战结合"新修建的防空洞开设茶馆。"洞天茶馆"冬暖夏凉，空谷来风，凉爽宜人，茶客入洞，暑热顿消，又多了一种点缀巴渝风情的景观。

但遗憾的是，近年来麻将文化泛滥，严重地冲击了巴渝茶文化的发扬。不少茶馆都配置了麻将，想找一个安静的茶馆喝一杯茶，似乎已越来越难。几年前，《星星》诗刊的老编辑来重庆，说要找一个没有麻将的茶馆喝茶，我找遍了附近几条街，都没有找到一家这样的茶馆，让我好生感慨！那一刻，我就在心底呼唤，巴蜀茶馆文化需要传承、回归。

我和春运那些事儿

"春运"一词最早出现在 1980 年 1 月 11 日,《人民日报》转发《人民铁道》报消息:"为了做好春节运输工作,铁道部决定全国在春运期间增开临时长途客车 24 对。"现代意义的"春运"一词第一次出现在《人民日报》上。

春运是春节运输的简称,是用来形容中国春节期间人口迁徙的专有名词。它以春节为中心,时间从节前 15 天开始,节后 25 天结束,共 40 天。这个时间段,全国水陆空交通运输压力之巨大,超出常人的想象。

我和春运结缘,一方面是 1984 年以前,我有 15 年在外地谋生的经历;另一方面,1984 年调回家乡工作后,除下派企业任职和在扶贫乡镇挂职外,我在道路运输管理部门整整工作了 30 年,可以说对一年一度的春运有着切身感受。

1980 年,改革开放刚刚起步,对人员的流动限制也逐渐放松,有许多人开始外出务工。春节临近,这些外出务工的人员纷纷返乡,加之在外当兵、工作回乡探亲的人,形成了中国独特的春运潮。

春运 40 年来，春运大军从 1981 年的 1 亿人次上升到 2014 年的 37 亿人次，相当于让非洲、欧洲、美洲、大洋洲的总人口搬一次家。

春运人次从 1980 年到 2014 年逐年呈上升趋势，2015 年后，春运人次有所下降，但基本上维持在 29 亿到 30 亿人次左右。春运，应该是当今世界最为壮观的人员流动。改革开放以来，虽然中国的交通越来越方便，交通工具越来越多，速度也越来越快，但春运压力依然巨大。

不可否认，春运状况是越来越好，在 20 世纪 80 年代，为了买到一张回家的票，人们彻夜去汽车站、火车站排队，而现在基本不会出现买不到票的情况。即使没有火车票，还可以选择汽车、飞机等交通方式，购票方式也从单一的窗口售票发展为网上购票、电话购票等多种方式相结合。

我曾在四川阿坝州工作多年，未结婚前，每逢春节临近，都要回家探望父母；婚后，要回家与父母和妻儿团聚。领导批假后，回家的心情就像饥饿者寻食一样急迫。为了购得一张马尔康去成都的客车票，可以说是煞费苦心，开始是自己天不亮就去排队，如果运气不佳，正轮上你的时候，票就卖完了，又得等第二天。假期有限，为了早点回家见到亲人，也减去排队之苦，后来不得不寻求关系走后门买票。州委宣传部的朗天全、阿坝报社的何祥珍是我结识的文学朋友，他俩都为我买票托过关系费过神。为了买票更方便，我还办了一个《阿坝报》的特约记者证。后来，这个特约记者证还真帮了我不少忙。

每年一个月的假期仿佛很快就到了，回单位的第一程就是买船票，但奉节至重庆的船票依然是一票难求，买船票又得找关系，好在当时有朋友帮忙，省去了不少麻烦，也算顺利购上了船票。

记得1984年春运期间，那也是我在外漂泊的最后一次回家探亲，好不容易经过漫长的排队在成都东站花10.20元买了一张到重庆的硬座火车票，但一不小心，刚出火车站就被扒手扒去了（那时火车票、汽车票未实行实名制，任何人拿着票都可以乘车），一阵痛惜和诅咒后，又只好买了第二天下午5点多到重庆的票。火车到达重庆菜园坝站时，已经是晚上1点多了，原打算在火车站附近的山城饭店住一宿，再买第二天的轮船票回奉节。没想到山城饭店不但没有房间连地铺都没有了。当时火车站去朝天门的公交车已收班，我只好拎着两个帆布旅行包，沿着长滨路向朝天门方向边走边寻找旅馆，找了数家旅社，都是客满……夜深、路长、灯黑、人累，尽管是寒冷的冬季，衣服还是湿透了，脸上挂着的不知是汗水还是泪水，两只手臂酸痛得断了似的。总之，仿佛从身体到精神都处于即将崩溃的状态。从那一刻起，我懂得了生活的不易、游子的艰辛，发誓将来不论在哪里谋生，都要在重庆长滨路上买一个栖身之处。回到奉节后，我把这个想法告诉岳母和妻子，他们都说我是异想天开！的确在那个年代，房地产市场尚未形成，住房还是配给制，不说一个工薪阶层没钱买房子，即使有钱也买不到房子。

为了解决夫妻两地分居之不便，减少流离之苦，我加快了联系调回奉节的步伐，并于当年9月如愿以偿调回了奉节交通部门。又经过多年的积蓄，于2013年利用住房公积金，真的就在长滨路买了一套精装修小户型住房。30年一梦终实现，我也可以告慰岳母的在天之灵了。

在道路运输管理部门工作30年，压力最大的工作就是一年一度的春运。我甚至还因为监管不到位，发生了一起重大交通事故，差点被纪委追责。春运可以说是道路运输管理部门一年工作的重中之重。春运开始前，要对投入春运的车辆进行检测，要组织各客运企业召开春运动员大会，主要领导和分管领导要深入各客运企业检查春运落实情况。春运一开始，"确保春运安全，实现全年工作开门红""强化车辆源头管理，严防交通事故发生！""上下齐努力，打赢全年春运第一仗！"等宣传横幅就在车站、码头挂出了。春运开始后，我和其他同事从早上6点时就要顶着凛冽的寒风到客运站值班，而且没有一分钱补贴。晚上领导还要依次到客运站检查，发现有人在客运站滞留过夜，必须安排车辆送走，确保客运站不滞留一个旅客过夜。春运结束后，层层都要写春运工作总结，从省市到区县还要评选春运先进单位和个人。

春运虽苦，春天却是美好的。作为一名老运管人员，我为自己曾经参与过春运工作，一生都将倍感自豪。

2020年1月10日，一年一度的春运又开始了，从1980年到2020年，春运正好40年了，而这个时间正好伴随着中国改革开放时间段，几乎与中国改革开放的时间相重合。不少人可能还记得，2010年1月30日，新华社记者周科在南昌火车站拍下了一张"春运母亲"的照片：照片中的年轻母亲，背着比自己身体还要高的编织袋行李包，脖子上挂着熟睡的孩子，左手还拎着一个包匆匆赶车的情景。2021年2月3日《新华每日电讯》独家报道的《11年前那位感动中国的"春运母亲"，找到了！》在全网刷屏，登上各大网站热搜榜，很多人主动转发，网友积极跟帖留言，坦言自己"已泪奔"。我也就此写了一首小诗《我必须向这个女人致敬——写给"春运母亲"》：

我必须向这个女人致敬 / 以一个男人的名义 / 或者以一个父亲的名义 // 相隔十一年 / 你背上的压力 / 还在让我的心生生地痛 // 尽管，春运还在年复一年地复制 / 你是抱动当初那个孩子了 / 不管他（她）在与不在 / 你都可以把汗水和着泪吞下 // 时运好转 / "春运母亲"终于露出了笑容 / 一个女人会心地笑 / 是一个时代的哈欠 / 也许有一些往事 / 不愿意去触碰 // 致敬，"春运母亲" / 以男人的名义 / 或者以父亲的名义

春运，就是这样在我们这一代人中留下了印记。

然而，有人会问：中国的春运现象会有尽头吗？或者说中国的春运现象还会持续多少年呢？我的回答是：中国的春运现象会有尽头，但春运现象还会持续若干年。随着我国城市化率的提高，东西部差距缩小，春运压力将越来越小，"春运"一词也必将成为历史。

三　亲　历

一路向西

一

一直向往西藏。向往西藏那一年四季都不曾消融的积雪，向往一尘不染、湛蓝清透的蓝天，向往伸手就能触摸的云彩。

2018年8月31日，受《西部散文选刊·原创版》之邀，我到拉萨参加2017年度优秀作品颁奖典礼暨新时代散文创作研讨高峰论坛，将这一向往变成了现实。那日，我不顾家人"注意高原反应，要备齐抗高反药品"的嘱咐，只身直奔江北机场。没想到在机场海关工作的儿子仍早早在安检口挡住了我，他反复询问"带了抗高反的药没有，衣服带得够不够"等问题。我知道这是家人对我的关爱，我伸手刮了儿子一个鼻子，内心美滋滋的同时，仍觉得家人们啰唆，去个西藏，用不着这样唠唠叨叨不停。

然而，本该10：55起飞的航班，上了飞机才接到贡嘎机场的通知，机场繁忙暂不能起飞，而什么时候起飞要等通知。这一等足足等了一个半小时。飞机起飞进入正常航线后，迅速拉高到

8229 米、9114 米，按习惯我都会闭目休息。但这次我却异常兴奋，一直注视着天空中的变化，俯视飞机下方水墨丹青般的美景：田园、山岭、河流、常年不融的雪山以及蚯蚓般蜿蜒的公路。我的思想也真的天马行空了：爱人，你在云彩之下，我在云彩之上，尽管我看不到你，可我能想象得到远方，想象得到你的期盼。我想象着云彩在变化中的种种图像：玉兔、奔马、飞龙……总之，只要想象丰富，一切都存在，一切都可以出现。飞机在贡嘎机场降落正好下午 3 点，走出机场，仰望蓝天，就像刚落过雪的大地一样，干净得连一丝尘埃也没有；就像雨后平静的湖面一样，连一丝涟漪也没有；就像寂静的山林一样，静得连一点儿杂音也没有。由于飞机晚点，主办方接机的车辆已回拉萨，我只好独自乘机场大巴前往市区。在车上，我联系到了西藏自治区质监局的李景。热情的李景告诉我在一个叫柳梧立交桥的公交站下车，他开车来接我。我就这样在天蓝、水蓝、人亲的氛围里走进了圣地拉萨，走进了梦寐以求的西藏……

李景接到我后，直接将我送到了拉萨圣瑞斯大酒店，一进酒店工作人员为我献上了洁白的哈达。顿时，我感动于主办方的周到和热情，也感动于文学的力量可以把陌生的人变得熟悉起来，语言和文字可以冲破所有民族交流的障碍。

二

到拉萨的第三天，按日程安排是到纳木错采风。"错"，藏语是"湖"的意思。纳木错即纳木湖，不懂这个意思，会把纳木错说成"纳木错湖",这就犯了一个语法错误。

从拉萨去纳木错有近 300 公里里程,单程也要四五个小时。由于很多地段公路改建,车辆行驶缓慢,加上沿途拍照耽搁时间,从早上 7 点出发,到达当雄县吃午饭时已经是下午 1 点多了。我一直认为,作家们思想都比较活跃,敢想不敢想之事,敢吐别人不敢吐之言。不论来自呼伦贝尔大草原还是来自江南水乡,也不论是男是女,大家坐在一个车上就成了熟人,畅所欲言,犹如多年的老友相见,嬉哈打闹,好不快活,全然没有旅途的劳顿。

在我的职业生涯中,青年时期与军营结缘,后又与交通结缘。尽管不少人称我为作家,但我始终坚信我就是一个普通公职人员,我对我的每一份职业都充满了敬畏。在念青唐古拉山附近的"青藏公路建成通车五十周年纪念碑"前,我驻足良久,思考的东西远远超过了一般采风的范围。我想到了古代哲学思想里"有所舍有所不舍,有所取有所不取"的命题;想到了有形的占有越多,无形的失去就越多;想到了人生每一次出行应该多欣赏沿途的风景,不要急于抵达目的地而错过了在流年里温暖的人和物。我还想到了青藏公路之父慕生忠将军。不是么?1950 年初,中国人民解放军挺进西藏,这支英雄的军队遵照党中央的号召和毛主席"一面进军,一面修路"的指示,和藏族同胞一起发扬艰苦奋斗的精神,历经艰险,排除万难,在世界屋脊上修通了全长 2144 公里的川藏公路和全长 2100 公里的青藏公路,使得西藏人民用现代化交通运输方式取代了千百年来人背畜驮的极其落后的运输方式,开创了西藏交通事业发展的新篇章。

1954 年 12 月 25 日,经过数万筑路大军艰苦卓绝的奋战,青藏公路全线贯通。川藏公路和青藏公路，是以牺牲数千生命为代价的蜿蜒盘旋的神奇"天路"，被誉为连接内地与西藏的"生命线"，在国防和经济建设中发挥着重要作用。

川藏公路和青藏公路就像是两条吉祥的哈达飘扬在高原大地上。回望新中国成立之初，能聚集11万多藏汉军民，含辛茹苦，餐风卧雪，齐心协力征服重重天险，在极其艰苦的条件下，逢山开路，遇水架桥，依靠铁锹和双手，在平均海拔4000多米的世界屋脊，在荒无人烟的"生命禁区"，用鲜血和生命筑起了川藏、青藏交通大动脉，这不可不说是创造了人类历史上的奇迹。这就是在中国共产党领导下，为了西藏的繁荣昌盛正确处理"取舍"关系的典范。

在青藏公路建成通车50周年纪念碑前，遥想那莽莽逶迤的昆仑、浩瀚无边的草原，总能使人感到訇然震撼、心旌摇荡，有一种自然升腾而又超越自我的感受，伴随着生命悠久而长远。提起青藏公路，慕生忠的名字令人难忘。有人说，"没有青藏公路就不会有青藏铁路，而青藏公路是慕生忠将军和他的战友们用双脚踏出来的"。他也因此被誉为"青藏公路之父"。慕生忠对于很多人来说，就是一处让人仰望的风景。

三

那根拉山口，海拔5190米，是跨过念青唐古拉山脉通往纳木错的必经之地，山口的玛尼堆上挂满了经幡。站在这个号称生命禁区的山口，顶着凛冽得让人窒息的大风，仿佛人要被风卷走，气息直往下坠，那感觉就是在和自然界角力挑战。

站在那根拉山口，可以眺望纳木错。文献记载，纳木错像蓝天降到地面，故称"天湖"，蒙古语叫"腾格里海"，也是"天湖"的意思。我最先知道纳木错是因为仓央嘉措那句"纳木错等了我多少年，我便等了你多少年"的情诗。的确，仓央嘉措一生没逃脱一个"情"字，我等俗人又怎能无情无义呢？

穿过那根拉山口，汽车下行，不远处就是纳木错了。纳木错是西藏第二大湖泊，也是中国第三大咸水湖。湖面海拔 4718 米，东西长 70 多公里、南北宽 30 多公里，面积约 1920 平方公里。轻轻走进清澈通透、碧纹浅荡的纳木错，遥望彼岸，水天一色，绿顶野鸭悠闲地在湖面游弋，形成一幅童话般的美景。此时，我生怕惊动了纳木错这位圣洁的女子，我想，你该是天边最美的星辰，点缀这片浩瀚，你绝世的美，让我如痴如醉。唐古拉山的风，撕扯着、咆哮着，而你，只是一幅宁静、淡然的画卷。墨蓝的湖面，在阳光的折射下，闪着粼粼波光。你是上天的恩赐，在岁月的长河里，闪烁着、倾诉着千年不变的传说；你是那端坐在湖边的卓玛，水中倒映出你恬静的微笑。微风拂动，湖面卷起层层浪花，浅浪犹如呼吸一般，有节奏地、曼妙地向岸边推来。此时水天相融，浑然一体，宛如身临仙境。走在湖边的碎石上，耳畔响起童年哼唱的歌谣，在湖水光影里，抛开记忆的忧伤，掸去尘世的倦意，那一刻，我仿佛回到了属于世外的天堂。看湖面，水鸟舒展轻盈的双翅，悬浮在净空，似一片静止的云彩，被风儿吹着飘动。山与水相依相融，水与山相知相守。湖水如慈母般温柔，滋润着茵茵丰美的草原。我被眼前的美景所打动，深感大自然造化之绝妙。我想，荡涤灵魂的，不只是美丽曼妙的湖水，还有看似不远实则迢迢的雪山；触动心灵的，不只是如期而至的泪水，还有那笑靥掩饰之下的款款深情……

这时，我仿佛听见了六世达赖喇嘛仓央嘉措穿越时空，围绕纳木错的深情吟诵：

那一天，我闭目在经殿香雾中，蓦然听见你颂经中的真言。

那一月，我摇动所有的转经筒，不为超度，只为触摸你的指尖。

那一年，我磕长头匍匐在山路，不为觐见，只为贴着你的温暖。

那一世，我转山转水转佛塔啊，不为修来生，只为途中与你相见。

那一夜，我听了一宿梵唱，不为参悟，只为寻你的一丝气息。

那一瞬，我飞升成仙，不为长生，只为佑你喜乐平安。

……

听着听着，我心灵震撼了，眼睛模糊了，除了内心的激荡难平外，更多的是为仓央嘉措对爱情的忠贞而击掌，为有情人不能团圆而惋惜。有关仓央嘉措的凄美爱情，世人大多耳熟能详，为他身居上层，不念富贵，冲破世俗，勇敢地追求爱情叫好。此时此刻，我也有了仓央嘉措的"天上的仙鹤，借我一双洁白的翅膀，我不会飞得太远，看一眼池塘就回返"的冲动。其实，我心里明白：纳木错再美，我对它也不过是匆匆过客，我思念的仍然是我的三峡、我朝夕相处的家人和那些无话不说的朋友。

四

拉萨是有名的"日光城"。一年四季，天空总是那么湛蓝、透亮，好像用清水洗过的蓝宝石一样。在藏语中，拉萨是"圣地"的意思，那么，这湛蓝透亮的蓝天一定是"圣地"的门帘。

9月3日上午，我们到拉萨近郊的雪新村采风。早上出发时还细雨霏霏，不到中午，天气陡然放晴，一下子变得晴空万里。这时，我仿佛听到了说话的声音碰到雪山后的回声，看到了伸出的手触摸蓝天后捉住云朵的感觉。

村里唯一回乡创业的西南民族大学毕业生雪儿达瓦姑娘热情地为我们一行当起了解说员。雪儿达瓦很有做生意的天赋，她先从藏民族的风俗习惯讲起，再讲到自己大学毕业后放弃教师不当而回乡创业的故事，这着实让人佩服之余倍加感动。雪儿达瓦看到火候到了，就开始一一推销她的银手镯、银腰带等银质首饰，而且把银制首饰的功能渲染得出神入化。这自然调动了我的同伴们购买的欲望，甚至有人出手就是几千上万的购买。我这人有点认死理，需要的东西商家不宣传我也会购买，不需要的东西任凭你怎么宣传鼓动，我也不为所动，但也绝不坏商家的好事！

从雪新村出来，各自解决了午餐，就直奔布达拉宫而去。参观布达拉宫是绝大多数到拉萨的游人的心愿，我也不例外。但遗憾的是，当天去布达拉宫的游人特多，景区不得不在门票上规定进入时间。当我从导游小哥手上拿到票的时候，一看是16点，还足足有三个小时。

利用这个时间，我来到大昭寺。我之所以要抽这个空当参观大昭寺，得益于我来拉萨之前所做的一番功课。

大昭寺，又名"祖拉康""觉康"（藏语意为佛殿），位于拉萨老城区中心，是一座藏传佛教寺院，是藏王松赞干布建造。寺庙最初称"惹萨"，后来惹萨又成为这座城市的名称，并演化成当下的"拉萨"。大昭寺建成后，经过元、明、清历朝屡加修建和扩建，才形成了现今的规模。大昭寺已有 1400 多年的历史，在藏传佛教中拥有至高无上的地位。大昭寺是西藏现存最辉煌的吐蕃时期的建筑，也是西藏最早的土木结构建筑。它融合了我国藏、汉民族，以及尼泊尔、印度的建筑风格，成为藏式宗教建筑的典范。大昭寺主殿由于常年信徒的摩擦，门口的石头光亮如镜。

从大昭寺金顶可以看到大昭寺广场，右边远处山上是布达拉宫，近处的柳树是"公主柳"，相传是文成公主所栽。拉萨街头到处都是柳树，和内地的柳树没什么差异，但人们都把它叫作"公主柳"，这就足见藏民族对文成公主的崇敬，也证明藏、汉两个民族自古以来就有着血浓于水不可分割的纽带关系。

看到朝拜者在大昭寺门口磕长头的感人场面，还有更多的人每天围绕着大昭寺转经，很多僧人也在大昭寺附近向过路的人唱经化缘，足见大昭寺在藏族人们心中的地位之高。西藏的寺院多数归属于某一藏传佛教教派，而大昭寺则是各教派共尊的神圣寺院。从公元 1269 年西藏政教合一萌生后，"噶厦"政府机构也设在大昭寺内。活佛转世的"金瓶掣签"仪式历来在大昭寺进行。1995 年，确定十一世班禅转世灵童的"金瓶掣签"仪式也是在这里举行的。

在大昭寺转累了，我花 6 元钱买了一杯尼泊尔甜茶，坐在大昭寺门前的"艳遇墙"下，边看人磕长头，边晒着太阳品着甜茶，也用这短暂的时光来品味人生，品味人生中的快与慢。这种感觉是多么的惬意啊！虽然尼泊尔甜茶也是用奶粉、砂糖和茶叶熬制而成，但喝起来却清香爽口，没有丝毫的甜腻。轻轻地抿上一口，尚未入喉，便觉唇齿溢香。那种甜香丝滑，柔柔地裹着舌尖，从喉头直滑向心底，瞬间充溢了所有的感官。缓缓地咽下去，暖暖的感觉开始在周身游荡，整个人仿佛被熨过一般，瞬间放松，疲倦顿消。闭上眼睛，仔细地回味，仿佛有初恋般香甜的感觉，久久不能散去。

五

　　始建于公元 7 世纪的布达拉宫，是世界建筑史上的奇迹。布达拉宫是著名的宫堡式建筑群，也是藏族古建筑艺术的精华，坐落在拉萨西北的玛布日山上。早在 1994 年 12 月，布达拉宫就被列入了《世界遗产名录》。

　　布达拉宫是藏王松赞干布为远嫁西藏的文成公主而建，共建有 999 间房屋，占地 41 万平方米，建筑面积有 13 万平方米。宫体主楼有 13 层，高 115 米，全部为石木结构。5 座宫顶覆盖镏金铜瓦，金光灿烂，气势雄伟，被誉为高原圣殿。松赞干布建立的吐蕃王朝灭亡之后，古老的宫堡大部分毁于战火。公元 1645 年，五世达赖建立噶丹颇章王朝并被清朝政府封为西藏地方政教首领后，开始重建布达拉宫。以后历代达赖又相继进行过扩建，于是有了今天的规模。

　　在人们心目中，布达拉宫这座凝结藏族劳动人民智慧和汉藏文化交流的古建筑，已经以其辉煌的雄姿成为藏民族文明历史的象征。作为藏传佛教圣地，每年到布达拉宫的朝圣者及旅游观光客蜂拥而来。今天，人们眼中的布达拉宫，不论是它石木交错的建筑方式，还是从宫殿本身所蕴藏的文化内涵看，都能感受到它的独特性。它似乎总能让到过这里的人们留下深刻的印象：统一花岗石的墙身，木制屋顶及窗檐的外挑起翘设计，全部的铜瓦鎏金装饰，以及由经幢、宝瓶、摩羯鱼、金翅鸟做脊饰的点缀……这一切完美搭配使整座宫殿显得富丽堂皇。大殿内的壁画也算是布达拉宫内一道别致的风景，在这堪称巨型绘画艺术长廊内，既记载有西藏佛教的发展历史，又有五世达赖的生平、文成公主进藏过程，还有西藏古代建筑形象和大量佛像金刚等等，说它是一部珍贵的历史画卷毫不夸张。但是我以为，参观布达拉宫，如果单纯只是为了欣赏建筑艺术还是显得肤浅。在我看来，布达拉宫是一座辉煌的藏族历史博物馆，是一部记载藏民族历史文化的巨著。藏族人民经历过原始社会和奴隶社会、社会主义社会初级阶段，但不像中华大家庭中大多数民族那样同时经历了漫长的封建社会，他们的经历出现过社会断代。但他们仍然用双手建成了世界十大宫殿之一的布达拉宫。因此，我们不能不说藏族人民有着了不起的智慧，藏族人民是勤劳伟大的人民。

　　当我迎着夕阳，投入到布达拉宫怀抱的那一刻，我全然不顾高原缺氧带来的身体不适，也不听同伴中"登梯慢行"的劝阻，"噔噔噔"地快速爬上了半山腰上那个历代达赖喇嘛观赏歌舞的场所——德阳厦。站在这里，我感觉到了湛蓝清透的视觉之美、

依山而踞的浑厚之美、五色相间的色彩之美、高低有致的参差之美、层次分明的立体之美，布达拉宫把所有的美表现尽了。激动是抑制不住的，我在心里呼唤：布达拉宫，我来了！在长江之滨的三峡，我为你吟唱过歌谣；在重庆半山花园的书房，我为你写过情诗；在大屏幕的电视机旁，我为你绽放过灿烂的笑脸。

西藏这么大，可我了解的却太少了。是的，来到西藏，眼睛才知道天空是如此湛蓝的；来到拉萨，鼻孔才知道空气是如此悠闲的；来到布达拉宫，嘴巴才知道信仰的泪水是如此甘甜的。写西藏、写拉萨、写布达拉宫的诗歌和文章实在太多了，可是在拉萨的时候我一句也想不起来。我感觉我整个人碎成了空气一样的微粒，在雪亮的阳光下东游西荡；又好像变成了一句高亢的藏族歌谣，在风里"啪"的一声甩开，长久地回响……

相见时难别亦难。9月4日，活动结束，来自全国各地的朋友依依离别，互道珍重，期待下次重逢。在机场候机时，我收到了拉萨市政府副秘书长杨年华的道别短信。拉萨美好，拉萨人地道啊！这里还要特别感谢厚道的李景，从登机那一刻，他就一直在联系我，到了拉萨又亲自开车来接我，几天时间里，他嘘寒问暖，让我感觉很温暖。

庐山夕阳

智者乐水，仁者乐山。

我因生长在大山里，对山从小就有一种望而生畏的恐惧，看来我成不了智者。

认识庐山，是从电影《庐山恋》开始的。后来，我先后去过两次，都是因人因事被"绑架"去的。2013 年 6 月 18 日再上庐山，是参加某市作协组织的"采风团"，尽管意义与前两次大不相同，不过随流而已，并非十分乐意。

6 月的天已经十分的燥热，当我们乘坐的汽车顺着弯弯曲曲的公路穿行在山林里时，一丝清凉扑面而来，心中也荡漾起阵阵清凉。山下的燥热与山上的凉爽形成强烈对比，使我忘掉了旅途的劳顿。

到达庐山驻地，时间已是傍晚 7 点钟，此时的天空非常蓝，团团云彩在微风吹拂下，变换着各种形态，让人遐想联翩。我和诗人李尚朝先生住一个房间，进了房间，正在为宾馆设施简陋而抱怨。这时，我发现，西坠的太阳被霞光包围，天边仿佛燃烧起来了，而且越烧越旺，我和尚朝几乎同时惊呼：好美的夕阳！这美丽的夕阳，难道是为迎接我们这帮远道而来的客人而特别绽放的么？这时，太阳将云彩织就的"锦衣"一抖，随手抛在空中，难道她要在这庐山黛色中沐浴，然后畅游这浩渺的天穹么？

我和尚朝赶紧拿起相机把这美景留了下来，所有的旅途劳顿都被这夕阳的美冲淡了。

日出日落，本是自然现象，但到了文人墨客笔下，夕阳就有了另一寓意，多被比喻人到晚年。但夕阳之美毕竟是美景，要不哪来夕阳红之说？李商隐是怎样吟出"向晚意不适，驱车登古原。夕阳无限好，只是近黄昏"的诗句的呢？吴兆江反其道而行之，吟出"但得夕阳无限好，何须惆怅近黄昏"。这句诗，很得朱自清的喜欢，他将这两句诗抄下来，压在书桌的玻璃板下，用以自策。

此时，我发现我走神了，当我回过神来，再看燃烧的天边，夕阳渐渐地失去了先前的热烈，那熔金般的烈焰，渐渐地由绚烂归于平淡。那一瞬间，一种温馨的感觉便从心中油然而生。忽然我想起南宋杨万里《舟过谢潭三首》中的一句诗："好山万皱无人见，都被斜阳拈出来。"一个"拈"字非常轻巧灵动，不是托出来，不是捧出来，也不是照出来，只轻轻一拈，斜阳一片就刻画在眼前。因为夕阳西下时，山的轮廓在光线的作用下，明与暗光影交错，色彩斑驳，显得特别分明，平时我们看不见的千秋万壑，都被夕阳神奇地"拈"出来了。

时间点点流逝，夕阳渐渐坠落贴近远处的山头，一片云彩相伴相随，似乎为它送行。夕阳慢慢坠落，被远山渐渐阻隔、吞没，只有万道霞光依然透发出来。周围的光线开始柔和圆润起来，不再那么刺眼。庐山的山峦如炬，森林如列队的兵勇，暮色中，远

山渐次朦胧，近树却棱角分明，除了偶尔驶过的汽车碾出的声音外，庐山很静，静得连自己的呼吸也能听见。

天空如鱼鳞的白光也随之慢慢涌来，晚霞终于伴随夕阳隐藏在山的后面去了。远处山脉在氤氲光线的笼罩下，升腾起一层薄纱似的雾气，将本来青翠的庐山泼染得如同用淡墨描画成的一幅绝佳的水墨画。

其实，我们每个人肯定都见过不少夕阳，但通常的夕阳，只不过是太阳西坠之时，便整个地呈现在我们眼前，圆圆的一轮，散发着金黄色的光芒，如同金色的蛋黄。庐山的夕阳自有它的特别处，它似火燃烧，似金流淌，云彩在光芒照耀下也熠熠闪着金光，犹如少女的花边裙子，在空中摇曳。我揣测，庐山夕阳如果照着湖面，山峦会形成倒影，那湖中不是一轮夕阳，而是在水波的荡漾下，倒影播撒成一片、一湖，波光粼粼，金光闪闪，仿佛"满湖尽带黄金甲"！

我就这样静静地看着夕阳落下去，一悲一喜，想我自己，仿佛与这夕阳无异。庆幸的是，事业略有所成，子女也奋发有为，想着想着，眼也迷了，心也醉了……

彭水朝圣

我已经是第三次到彭水了。每次，我都是怀揣一颗朝圣的心走进彭水的。每次，我都或多或少心存压力，担心我的不逮笔力无以表达彭水之美于万一。

彭水最大的本钱应该是水了。有终年不断流、集水面积在 50 平方公里以上的河流 20 条，流长 359.70 公里。全县水资源总量 481.48 亿立方米。彭水的水是清澈的，也是灵动的。清澈灵动的水，犹如处子般静谧，似变非变，让人产生无限遐思。彭水的山是刚劲的，也是秀丽的。山山勾连，犹如排兵布阵的勇士，威武而不失俊俏，雷打不动地守候着彭水的万水千山。

孔子曰：智者乐水，仁者乐山；智者动，仁者静；智者乐，仁者寿。由此看来，来彭水的人都是智者和仁者，而 70 万彭水儿女就是大智大仁者了。

古人说，有山则名，有水则灵。宋代词家陈无咎有首《失调名》是这样写的："一年一度春来，何时是了。花落花开浑是梦，只解把人引调。可怜浮世，等闲过日，却不识，绿水青山，四时都好。

遇笔题诗，逢人饮酒，世间万事，看尽多多少少。怎得似、羽扇纶巾，云屏烟障，几曾受些儿烦恼。便乘风归去小蓬莱，听门外、猿啼鹤啸。"这说的就是在青山绿水之间，人们可以忘却浮事的纷扰，放下心中的烦恼，让疲惫的身心得到慰藉。不是么？在当今，长期生活在都市的人们，或多或少都有工作和生活的压力。那么，来彭水吧，来到这绿水青山之间，走近摩围山，在许许多多叫不出名字的山峰之下，你仰望抑或平视，都由你自己选择。这时的你，形由心使，可以是臣子，也可以是君王。总之，在彭水的青山绿水之间，一切皆可放松，任由心灵飞翔。你还可以选择一个晴朗的日子，游阿依河，听娇阿依和阿哥对歌，体会歌词中的无限妙趣和美好。间歇，呆呆地看鱼游浅底，看蝴蝶扎堆戏水，在绿水之上，看游船碾碎青山的倒影，享受烟波浩渺带给你的惬意。如果你饿了、倦了，可以在牛角寨随便点几个苗家风味小菜，就着微风和熏香，喝上一瓶啤酒，似睡非睡，似醉非醉，享受暖阳带给你的无边遐想。那是怎样一种世外桃源啊，人生之乐，莫过于此。

如果你去游乌江画廊，那是容不得脑子里有半点杂念的，大山之间，山水之间，会唤醒你的想象力。你会惊诧于是谁的手笔，一点一画，一笔一顿，就勾勒出了乌江的美丽和神韵。多精湛的技艺啊，犹如神一般的传说。乌江画廊，那些水墨丹青般的小屋，远看像清明上河图，物具意丰，恢宏大气；近看若夜郎古都市，错落有致，古色古香。再就是，除了现成有名有姓的景点外，还有那么多千奇百怪的奇山异峰等着你去发现命名，等着你去为它们写诗著文呢！如果你依然无动于衷，那就是对山水之美的无动于衷，是对视觉和思维的暴殄，是对时光和生命的浪费。

在彭水，还有一个好去处——鞍子苗寨，也叫罗家坨苗寨。而今，罗家坨苗寨已被打造成了一个集苗街、苗歌、苗舞、苗民村落、苗文化习俗、苗乡山水风光于一体的民族风情旅游景区。罗家坨苗寨四面环山，寨居山凹，全寨子同为罗姓，还有保存完好的罗家祠堂。这里仍然延续着罗氏家族原汁原味的风土人情，住的是青瓦木结构四合院、石海坝、吊脚楼和"马屁股"民居。苗民们在这里优哉乐哉的生活，他们享受着党和国家的惠民政策，也享受着祖先留给他们的勤劳致富的遗训，生活一天比一天美好。在我的印象中，罗家坨苗寨应该是全国保存较好的苗寨，可谓是"望得着山，看得见水，记得住乡愁"地方。生活在这里的苗族同胞，他们行苗礼、习苗俗、过苗节、穿苗衣、唱苗歌、跳苗舞。声情并茂的苗歌、曲调"娇阿依"以其自然、奔放的气势，优美动听的旋律而流传千古，至今久唱不衰。

不管别人信不信，但我认准了，在罗家坨听苗家山歌，不仅会醉了游人、醉了自己，夜晚还会醉了星星。

游万州大瀑布

一个晴朗的秋日，我陪胡剑先生游万州大瀑布（过去叫青龙瀑布），由于情感相融、兴趣爱好相同，产生了与前几次游该瀑布不同的感受。

这天，由于早上刚下过雨，空气仿佛被滤过一样，特别清新，也让人特别有精神。吃过早饭，办完该办的事，我们就乘车直奔万州大瀑布。一路上，光亮而不刺眼的阳光，在公路两旁的行道树的掩映下，跳动着快乐的音符。我一路向朋友介绍万州大瀑布以及万州当代的重量级诗人何其芳，介绍万州的风土人情，但发现他总是半信半疑地点着头，仿佛对我的介绍毫无兴趣，我也就不再王婆卖瓜了，让事实去说服我的朋友吧。

在景区下车后，我们挡住了小商小贩的纠缠，却无法挡住瀑布的吸引，就直奔瀑布而去。走过一段两旁长满绿树和花草的石梯，远远地，我们就看见了湍急凶猛的瀑布，听见了瀑布奔腾咆哮、如战鼓雷鸣般的在空谷回荡的轰鸣声。胡剑先生连连赞叹：万州大瀑布真是神奇，称它为"亚洲第一瀑"，名不虚传！

瀑布发出的有节奏的声响，如鸣如吼，传数里之远，荡气回肠。瀑布之壮观，如悬天之布，飞流直下，溅起水花如大珠小珠落玉盘，在青龙潭里跳动着欢快的水舞。水汽氤氲，方圆数百米都笼罩在白色的水雾中，日照下，常见彩虹横跨两岸，美山绿树倒映水面，令人叹为观止。从瀑布的下方，穿过数百米的水帘，有一约2000平方米的山洞，洞里宽敞明净、清凉如饴，我们就坐在洞口观瀑谈诗。这时，恰有一对白鹤在戏水。这精灵般的贵客，时而与瀑布比高，时而与水浪竞技，让人倍感万州大瀑布的生态自然美与人类的和谐美。万州大瀑布真是中华神州一个绝佳去处。

的确，万州大瀑布以它惊天地泣鬼神的磅礴气势和众星拱月般的奇特景观，受到世人瞩目。山清、水秀、瀑宽、洞奇、潭幽、湖大、虹美，是万州大瀑布的独特之处。瀑布下面的水帘洞能让你产生无穷的遐想。穿行在水帘洞里，犹在画中行，犹在诗中走，犹在梦中眠。在顶如苍穹地如桌的青龙洞中，叹为观止的是自然天成的"天工画壁"。

望着蒸腾不息的水雾，再看自己和胡剑先生被水雾浸湿的衣衫，我突然迸发灵感：从水帘洞里穿过，每一个人无论是肌肤还是身心都无疑经历了一次"瀑浴"。我把自己的感受告诉胡剑先生，胡剑先生连连叫绝。他说："有阳光浴、森林浴、冷水浴之说，唯独没有听说过瀑浴，真是辉隆兄的一大发明啊！"

的确，一个在城市蜗居久了的人，置身于这样的环境，置身于瀑布的水帘之下，定会有洗去心中尘埃，荡涤生活中郁闷，重新获得与大自然共存的超然情怀。在这里，我们因目睹水鸟的飞翔，想着自己该怎样前进；我们因听着蝉鸣，想着自己该如何歌唱；我们因感受瀑布的博大，想着自己该如何坚强；我们也因置身于大自然美的怀抱，感到做一个有创造力的人是多么幸福！

因此，我和胡剑先生相约各写一篇短文，谈谈游万州大瀑布的感受。不为张扬，只为记趣。

诗意栏堰

　　7月25日，渝鄂两地作家"走进利川栏堰，共话巴山夜雨"采风活动在栏堰拉开帷幕。在上午的座谈会上，两地作家踊跃发言，各自介绍创作经验，为栏堰的发展献计献策自不必说。会后，参观栏堰特色旅游新村更是给大家留下了深刻印象。

　　是日，阳光明媚，凉风习习，热情的栏堰人用挂在脸上的微笑欢迎这一行没什么特别的作家们。蓝天深邃，云卷云舒，仲夏之际，大地一片葱茏，湿润的空气里仿佛透着丝丝甜意，让人赏心悦目。这是我对栏堰的第一印象。

　　栏堰是诗意的，也是现实的。说它是诗意的，是指它有着如诗如画的山村美景；说它是现实的，是因为它仅仅是利川市白杨镇的一个行政村。在有些人的眼里，乡村可能是鸡飞狗跳、脏乱差的样子。如此美景，似乎与乡村挨不上界，但这里又的确是一个地地道道的乡村。

　　栏堰，山谷中的平地，错落有致地分布着设计合理、色彩适度的楼群。那些典雅而又带有西式风格的别墅，在微波荡漾的人工湖的衬托下，犹如一颗嵌在山谷里的明珠，光芒四射。在这里，所有的人对来宾都展开淳朴而又真诚的笑容。姑娘们大方得体的举止、热情中的不卑不亢，让人们更感觉这里就是一片充满活力的山乡宝地。和谐、宁静，一切回归自然，让我们这些长期身居闹市的人，仿佛置身于世外桃源。在当下，由于诸多现实生活中的纷纷扰扰，如病毒、如灾难般让人们饱受困扰，人们是多么希望找到像栏堰这样的地方来享受心灵的洗涤啊！此时此刻，我对这里的一切已经好奇地睁开了羡慕的眼睛，我想把这里清新的空气深深地呼吸个够。

我不知道栏堰的森林覆盖率是多少，但我相信，绿意盎然、绿波荡漾的栏堰，一定是一座二氧化碳的"净化池"。走进栏堰，心灵会在瞬间安静下来，空气中仿佛弥漫着慢的节奏，调养着我疲惫的心。

在栏堰时间虽短，但我坚信，我和栏堰早就在冥冥之中种下了一种情缘，一种似曾相识的情缘。要不当我徜徉在栏堰的小路上，呼吸着栏堰潮湿的空气，怎么会像走亲戚那样亲切，全无陌生感？

朋友，来栏堰吧！这里依山傍水、云白天蓝、山青水绿，还有万亩松澜，来了你一定会醉倒。

初识秦岭

秦岭，被称为"献给地球的礼物"，被誉为中国的龙脉。多年来一直想目睹它的尊容，却总是未能实现。前不久，外出采风，经西安回奉节，大家达成一致意见：放弃走秦岭隧道，绕道秦岭。

那天，天刚蒙蒙亮，我就起床了，做过秦岭的准备。但人多意见不好统一，还是拖到九点才出发。由于天气有点阴，从安全考虑，汽车一直低速行驶，从西安到秦岭山脚这段不算长的路程，几乎走了两个小时。

早就听说秦岭坡陡、弯急、路险，果然如此。坡陡、弯急倒还好，但公路上还跑着许多大货车。这些货车吨位大、车身长，速度慢、数量多，而这条公路可以说是九曲十八弯，左弯右弯一弯接一弯，给我们的秦岭之旅平添了几分危险因素。快到中午时分，汽车才行至山腰，此时雾还没完全散去，太阳像捉迷藏一样，时隐时现。秦岭也像一位害羞的姑娘，把那些如乳峰般的山峦，用云雾轻轻地掩饰着，再一点点地展现在我们的面前。山上的绿色、黄色和红色相互掩映着，这比这次我们之前路过的汉中平原等地那满目的黄色看起来舒服多了。公路旁边流淌着一条小河，清清的河水不时映入我们的眼帘，也把山的倒影清清楚楚地装进了小河。汽车在崇山峻岭中舒缓地转来转去，此时秦岭显得那么宁静，慢慢地把它巍峨静美的一面展现给我们。

如果有人要问：在秦岭究竟看什么？我以为，除了巍峨险峻的山峰、清澈碧绿的溪流，以及大片大片的针叶、阔叶林木外，秦岭最美的还是秋天的红叶。你看，山坡上成片的红叶似彩霞，零星的红叶似火焰，把整个秦岭装扮成一片火红。我觉得，秦岭的红叶比三峡的红叶多，比香山的红叶艳。

站在秦岭的顶峰，放眼望去，岭南岭北，苍苍茫茫，仿佛整个汉中平原尽收眼底。

秦岭是中国南北气候的分界线。岭南终年温暖潮湿，岭北干燥，冬季寒冷。秦岭同时也是长江流域与黄河流域的分水岭。秦岭的最高峰是太白山，海拔高度为 3767 米。秦岭也是中华文明的发祥地之一。相传，神农氏曾在秦岭尝百草，炎帝部落在秦岭北麓宝鸡一带繁衍生息、发展壮大，西周、秦、汉、唐等 13 个王朝在西安建都，靠秦岭的山水资源给养走向辉煌。如今，养育了几千年中华先祖的秦岭依然焕发着青春，以它那超强的自然更新能力哺育着近 500 万人民。地理学家认为秦岭和淮河把中国分成南方与北方，但站在淮河边上，你很难看出两岸景观有南北之分，因为淮河作为分界线是中国南北过渡带之间的一条内河，而秦岭则截然不同……秦岭南北的动物差异更大，秦岭之南，有专吃竹叶的大熊猫，有离不开水田的珍稀鸟类，还有羚牛和金丝猴；而秦岭之北，却难以见到这些动物的踪影。陕南多茶园、橘园、稻田，而陕北则多苹果园、枣园、麦田……人们所说的中国人的南北差异，譬如在饮食上的"南稻北麦"、在交通上的"南船北马"等现象的确在秦岭南北明显存在。

在中国，你想体会南方与北方的不同，想看南方与北方景观的差异，那么就到陕西去吧！更具体地说，穿越秦岭去吧！

九寨之魂

　　20世纪80年代初，我在阿坝州工作时，曾两次去过九寨沟。调离阿坝州后，本无心再去了，没想到前不久有关文学组织组织作家"重走长征路"，途经马尔康、红原、若尔盖，其间又一次到了九寨沟。殊不知，眼前的九寨沟已非记忆中的九寨沟了。这或许是因为文化元素注入，景区提档升级了；又或许是因为个人物质生活的改善对同一事物产生了不同认知吧！

　　在经过一个个景点后，在惊诧之中，我仿佛走进了"自然的美，美的自然"的内核，走进了九寨之魂。

　　九寨沟以原始的生态环境、一尘不染的清新空气和雪山、森林、湖泊组合成神妙、奇幻、幽美的自然风光，被誉为"童话世界""人间仙境"。九寨沟的高峰、彩林、翠海、叠瀑和藏族风情被称为"五绝"，是世界级奇观。

　　九寨沟之美在水。这里湖泊很多，当地人叫海子（即"海的儿子"）。据说大大小小的海子共有108个，像一颗颗镶嵌在九寨沟的蓝宝石。这些形状各异、大小不同、深浅有别的海子，最小的面积不到半亩，最大的长海长 7 公里，而长海的景色尤为动人：近处碧绿，清澈见底；远方蔚蓝，平静无波；两岸山树，映入水中。以绿为主色调的色彩和周围宁静的环境，使我恍如步入仙境。这里的湖，水的透明度有的达 30 米，这真是不可思议的。透过清澈透明的水，湖底的藻类以及形状各异的沉积物和山峰、树影一起映入游人的眼帘，显得五光十色，由此得名为"五花海"。

九寨沟的瀑布也叫人神往。这里河道纵横，水流顺着呈台阶状的河谷奔腾而下，构成数不清的瀑布。有的细流涓涓，有的飞流直下；有的若玉带飘舞，有的似银河奔泻。总之，九寨沟的瀑布群犹如花团簇拥的彩带，在山峦间恣意舞动，让人眼花缭乱，甚至产生无数遐想。九寨沟的瀑布宽度或长度超过贵州黄果树瀑布的就有 6 条之多，其中的诺日朗瀑布宽 100 米以上，高 20 多米，水流凌空而下，银花四溅，响声隆隆；树正瀑布虽不宽，但高 30 余米，湖水分两路猛泻谷底，震耳欲聋。有的瀑布呈多级下跌，山上长满繁茂青翠的云杉和冷杉以及叫不出名的其他树种，瀑水从林间穿流下泻，形成罕见的"森林瀑布"之壮观。有人说，九寨沟的瀑布一尘不染，是仙女的眼睛，这话一点都不为过。

九寨沟四季景色迷人。春时嫩芽点绿，瀑流轻快；夏来绿荫围湖，莺飞燕舞；秋至红叶铺山，彩林满目；冬来雪裹山峦，冰瀑如玉。就说这次到九寨沟吧，正是内地酷暑难当的时节，而九寨沟的高山上还堆积着皑皑白雪，游人无不称奇。

但九寨沟真正的美，我以为不是山、湖、瀑，而是这里动与静的结合。你看，每个景点相对来说是静的，川流不息的游客却是动的；山峦和湖泊是静的，天上的白云和飞鸟却是动的；海子和树木是静的，在微风的吹拂下却是动的；景区是静的，而游人的心却是动的。这一静一动，不就是九寨沟的魂么！

江津三日

9月27日　星期四　小雨

有幸忝列"风情古镇，人文江津"重庆知名作家采风活动行列，踏上去四面山的路，一路上和大家欢声笑语，心情自然愉悦。但天公不作美，四面山周遭仿佛提前进入秋雨季节，阴霾密布，像怨妇的眼泪，淅淅沥沥，没完没了。这样的天气似乎不适合外出，只适合蜷在温暖的家里与小媳妇说说情话，或邀三五好友喝喝小酒，吟诗作对。

采风第一站是参观会龙庄。乍一听"会龙庄"三个字，我以为是一个农家乐。我们将在那里稍事休息，吃了午饭后再上四面山。我这个人一直把吃饭看得很重，这大概与我的人生经历有关，毕竟经历过三年自然灾害饿过肚子的人。所以，不论走到哪里，生怕吃不上饭。但真到了会龙庄，却让我眼界大开：在这么偏僻的乡野居然还建起了如此气势恢宏的仿宫廷式的古庄园！不论当时的主人是出于什么目的，是想归隐，抑或是想占山为王，其财富和胆识都不可小觑；也不论庄园的主人姓甚名谁、什么身份，关键是他为江津也为重庆留下了号称"西南第一庄"且具有研究价值的人文景点，让来来往往的人间过客有了谈资。

江津是个好地方，好山好水好风光，有诗有酒有远方。这话应该是杨氏独创，千万不要是哪位大人物语录，否则我就犯讳了。十大元帅重庆占了两个，江津出了聂荣臻，因而成了帅乡。我的家乡奉节，现在是有名的脐橙之乡，号称"橙都"，但第一棵母树就出自于江津，而且还有一段"奉节脐橙第一人"王善之与江津青年柯建强的感人故事。这是汽车行驶在去四面山的路上时，我睡意蒙眬、心猿意马中想到的片段。

突然有人讲到了双胞胎村青堰村，说这个村有 367 户人家，有 39 对双胞胎！我为之一震，睡意全无！双胞胎？我不就是龙凤胎的父亲么？长期以来，我一直在为自己怎样成了龙凤胎的父亲寻找答案？按我和孩子他妈的家族，上查八代甚至十代也找不出双胞胎的基因，所以我自认为生双胞胎纯属精子与卵子的一次巧遇，犹如男女一见钟情，成就了美好姻缘一样，没什么规律可循。但江津人却把青堰村生双胞胎的事说得头头是道，宣传得有声有色。甚至找到规律，说青堰一是空气新鲜，负氧离子高；二是食材新鲜，生态环保；三是双生泉，据说喝了双生泉的水，生双胞胎的机率高。据说这里的母鸡也多下双黄蛋。如果是真的，青堰村那就不得了了！不仅要火遍全国，甚至要火遍全球。

到了四面山，更有了一场秋雨一层寒的味道。来不及认真梳理，仿佛流年匆匆，岁月如上足了发条的时钟，速度快得停不下脚步，满头白发竟与四面山的落叶松一般，随风飘落。好在四面山上的丹霞地貌，让我的脸庞被映衬得神采奕奕。四面山是多情多义的山，景象奇特，撩人遐思。晚上冒雨参观灯光秀，前景光明，脚下却多有坎坷，要不是有美女搀扶，我会数次摔倒。看完爱情天梯实景剧演出，心旌微澜，真得感谢那对夫妻，是他们让我懂得了爱情需要付出和坚守。

9月28日　星期五　小雨

多情的雨，带有几分温柔。

清晨，采风团一行在四面山吃了早饭，就马不停蹄地奔中山古镇而去，都来不及挥手向四面山告别。也罢，就这样作别四面山的云彩瀑布，给日后再来留下些许念想。

到了中山古镇，镇文化站站长刘栋林接待了我们，并当起解说员。刘站长仿佛就是古镇的活字典，把古镇的前世今生说得活灵活现，无懈可击，这也许就是古镇文化之幸。其实我对中山古镇并不陌生，至少已去过三次。除了古镇的古朴静谧外，我更喜欢穿越古镇的那条潺潺小河，在河里的跳墩上来回走几趟，仿佛很原始也很有诗意。但这次遇上雨天，跳墩被淹没在水中，不能如愿，成了一个遗憾。中山古镇在对古镇文化发掘上是下了功夫的，他们把书上有的几乎全部做成画墙展示了出来，甚至还把传说的也编写了出来。这就是文化。很多年前我就有一个观点，文化可以推演化成。假如文化一成不变，社会就不会前进了。旅游更是如此，景点必须要赋予它文化内涵才有生命，已有的记载，我们可以人为地赋予它文化元素，这就是创造，有什么不好呢？爱情天梯如果不推演，不赋予它爱情元素，那它不过就是一个长工和小姐有私情的版本，能有今天的震撼力么？

在中山古镇吃过午饭，塘河古镇就向我们招手了。

塘河古镇地处渝、川、黔三省市接合部，历史上商贾云集，把塘河古镇的名气带向了远方。

参观石龙门庄园和廷重祠都是冒雨完成的。石龙门庄园和廷重祠，前者是明清时的川东民居风格，后者属典型的徽派建筑。两处古建筑，除了建筑气派震撼外，我倒生出一丝怜悯：古建筑的主人如果地下有知，该如何诅咒风水先生，让庄园落得个人去楼空的破败景象。在人世间，大浪淘沙，谁也抗拒不了潮流。好在两处古建筑即将被打造成古镇游的景点，造福江津，造福塘河，陈、孙两位故人也该含笑九泉了。

9月29日　星期六　阴

昨晚夜宿江津大酒店，一夜无梦。

今天是本次采风的最后一站——白沙古镇。天气放晴，久违的阳光也从云雾里探出半个脸。

白沙古镇不仅出故事，也是出名人、聚人才的地方。聚奎中学成立后，这里更是名人灿若星河。爱国诗人、重庆大学创始人吴芳吉，国画家张采芹，巴蜀史学家邓少琴，科学家周光召，原国家女排主教练邓若曾就是其中杰出代表。所以，来白沙古镇之前最好腾空记忆的内存，多带几个行囊，否则你会丢三落四，心痛不已的。

白沙古镇遍地都是文化，连空气里都弥漫着历史的气息，可以随你采集。在聚奎大讲堂，你可以闭上眼睛，默默地倾听故人们穿越历史的演讲，感受他们为了民族存亡、中华振兴发出的铿锵誓言。

在这"人文之魂，长河古埠"的古镇，有多少人来也兴焉，去也兴焉，难道就没有半点的汗颜？镇党政办主任王顺琴告诉我们，原国家女排主教练邓若曾已经定居白沙古镇了，这引起了我和朋友的兴趣。邓若曾在体坛也算是功勋卓著，尚知落叶归根，反哺故土，我们呢？该做点什么呢？

告别白沙古镇，江津采风三日就结束了。尽管天公不作美，连续两天下雨，但我仍然感受到了大美江津、人文江津的迷人之处。我想，我欠江津的一份情是该还的，权作这篇短文吧。

东行记

　　8月，正是如火如荼的盛夏。那些天，大地犹如被烤熟了的红薯，流出了黏糊糊的糖汁。应该说在这样的季节，外出旅行不是时候，但我有幸接到重庆市作协的通知，安排我到中国作协杭州创作之家休假。在去与不去的问题上我犹豫过，因为杭州我去过。但也可以说，每次去都有不同的感受和不同的收获，所以我还是愉快地接受了安排，带着正好放暑假的儿子乘火车一同东行。所见所闻，感慨良多，遂成此文，予以记之。

　　8月8日　星期三　晴

　　8月8日晚上8时25分，我和儿子从万州火车站乘K530普快出发。由于万州火车站二楼候车室没有空调，感觉最难忍受的就是"怎一个热字了得"。好不容易等了一个多小时上了车，本想舒舒服服躺在硬卧床位上好好休息一下，不料上铺一位年轻女子却不停地打手机，都是些火辣辣的情话，有些不堪入耳。这女子也是重庆人，还时不时冒出几句粗话。女子毫不忌讳别人，声音时强时弱，想不听都不行。好在广播里曼妙的音乐压制了女子打电话的分贝，把有些不堪入耳的话挡在了听觉之外。大概 11 点左右，声音甜润的播音员在结束全天播音时深情地说道："各位旅客，现在进入休息时间，请您不要高声喧哗，影响他人休息，同时关好门窗，把多余的灯光挡在窗外，早早进入睡眠，做一个甜甜的梦。旅客朋友们，祝大家晚安！"这段播音好像就是针对那个女子的。女子打电话的声音小了下来，我听到了儿子细微的鼾声……

8月9日　星期四　晴

清晨，还是被上铺女子叨叨不休的电话声吵醒了。我一看时间还不到 7 点，很想再睡一会儿，但已不能。我想，这女子大概是得了精神亢奋症，要不哪来那么好的精神？同为旅行者也是长者，我不能干涉别人打电话吧。我只好忍着性子不让自己发作，胡乱地翻着一本时尚杂志。车厢里光线时明时暗，看起来很吃力。看着车窗外的农田、农舍，纵横交错的阡陌，有的冒烟有的不冒烟的工厂，又胡乱地想了一些问题，终不成章。挨到 8 点过，才懒洋洋地起了床，给杭州创作之家打了个电话，详细告知了我们乘坐的火车班次及到站时间。对方非常热情地表示一定准时接站，我对杭州创作之家的热情十分满意，也就减轻了对女子没完没了打手机的不满情绪。

火车在江汉平原奔驰，每经过一个城市，都要收到一条当地移动或电信发来的短信，内容分为两个方面：一是介绍这座城市的历史文化、旅游景区；二是预告当地的天气预报。方寸之间，竟是如此神奇，你走到哪里，信息宣传就跟踪到哪里，这是科学技术转化成生产力的象征，也是信息时代的好处。其实，作为一个善于思考的人，特别是一个作家，他的思维总是超越常人的。就拿我来说，火车每经过一个城市，我的思绪就在这个城市的历史和现实里穿梭，在城市的外表与内在中思考。

比如，经过宜昌时，我想到了巴楚文化，想到了世界水电之都，想到了三峡大坝和葛洲坝；经过当阳时，我想到了《三国演义》，想到了赵子龙血战长坂坡、张飞吼断坝陵桥、糜夫人香消娘娘井、关云长饮恨古麦城……英雄美人，忠臣义士，一时间在这块土地上演着惊天动地的史剧；经过武昌时，我想到了辛亥革命的波澜壮阔，想到了清王朝的灭亡，想到了孙中山建立中华民国的丰功伟绩；经过南昌时，我想到了南昌起义，想到了人民军队的建立，想到了人民军队的缔造者毛泽东、周恩来、朱德，以及无数老一辈革命家；经过上饶时，我想到了赣东北革命根据地，想到了红军第十军团，想到了方志敏烈士。

江汉平原位于长江中游、湖北省的中南部，西起宜昌枝江，东迄武汉，北自荆门钟祥，南与洞庭湖平原相连，面积约 4.6 万平方公里。江汉平原是中国三大平原之一，是长江中下游平原的重要组成部分。江汉平原有大小湖泊约 300 个，重要的有洪湖、长湖、排湖、大同湖、大沙湖等。江汉平原是神州大地上真正的鱼米之乡！

8月10日　星期五　晴

晚上 10 时 05 分，火车准时到达杭州火车站。一出站，我就看见一位清瘦却很精神的中年男人在出站口举着牌子接我，我一猜便知道一定是杭州创作之家的老叶同志。因为在电话里，杭州创作之家的同志已告诉我由他接站。这次由重庆市作协推荐到杭州创作之家休假的就我和周火岛，老周已乘飞机提前报到了。这么晚了，老叶还专程到火车站接我，可见其为人的真诚，这让我好感动。

汽车在杭州市区和林荫道上穿行了近40分钟，到创作之家时已是11点了。这是一个别墅式小院，除了接待我的工作人员，其他人早已休息，小院显得很安静。房间的空调还没等我到来工作人员就开好了，为的是早点把房间的温度降下来。我和儿子进入房间，仿佛回到了家一样温馨。

杭州创作之家始建于1955年，1988年重建，坐落在千年古刹灵隐禅寺东侧北高峰下，离西湖著名佛教圣地灵隐寺仅200多米。该处房产系中国作协1955年从一孟姓商人处购买的旧式庄园，1988年推倒重建，并在此设立"杭州创作之家"，专门接待中国作协会员，不对外开放，20余年来已有数千名中国作协会员来此度假和创作。已故中国作协主席巴金80岁高龄后曾4次来此小住，还留下了"这真是我的家"的题词。杭州创作之家一次接待作家10人左右，其接待能力十分有限，但庭园风景诱人，一条公路从大门前穿过，公路两旁是一片绿油油的西湖龙井茶园。创作之家门前有6株桂花树和一株芭蕉树，如一排绿色的卫士。左侧是一条小河，潺潺流水自东向西流过。创作之家虽不算大，但能在这风景如画的西湖之滨的灵隐景区占有这么一隅，实在是中国作协为作家们办了一件天大的好事。

这一夜，我睡得特别香，几乎是一夜无梦。

8月11日　星期六　晴

今天，杭州创作之家没有集体活动，我便带着儿子前往蒋村花园拜访老友朱培康先生。蒋村花园在杭州的西面，紧挨杭州西溪国家湿地公园，离创作之家的西湖路还有很长一段距离，打出租车好像要50多块钱。我和朱培康先生相识缘于诗歌，是诗歌的无形之手把我俩牵到一起，让我有了这么一位情深义重的诗友、知冷知热的兄长。所以，真得好好感谢缪斯！

我和朱培康先生初次相见是2000年9月，那次我送大女儿到南京上学，专程前往杭州拜访他。10多年来，我和朱培康先生交往甚密，再忙也没忘记对方，电话、书信不断。他大我十五六岁，我们总是以兄弟相称。

一晃10多年过去了，可培康兄还是那么精神矍铄。一见面，我就很惊讶，75岁的人了，还是腰板挺直、声音洪亮，走起路来简直就跟年轻人一样，两袖生风。

看到培康兄这么健康，我就放心了。培康兄是一个学核物理的20世纪50年代末武汉大学的高才生，不知后来怎么和文学结上了缘。

在培康兄家吃过午饭，他陪我们游了西溪国家湿地公园。

西溪，古称河渚。"曲水弯环，群山四绕，名园古刹，前后踵接，又多芦汀沙溆"。西溪国家湿地公园占地面积约10平方公里，分为东部湿地生态保护培育区、中部湿地生态旅游休闲区和西部湿地生态景观封育区。西溪集生态湿地、城市湿地、文化湿地于一身，堪称中国湿地第一园。江泽民为公园题写了"西溪国家湿地公园"园名。尽管天气异常炎热，我们三人游兴却很浓，每到一处都要照相留念。直到下午4点多了,旅居杭州的著名诗人、出版家文爱艺先生打来电话,要在拱宸桥的一家叫"舒羽咖啡"的咖啡店请我喝咖啡、吃牛排,我才不得不依依惜别培康兄,离开西溪国家湿地公园。

拱宸桥位于杭州老城的最北端,该桥长98米,高16米,桥面中段略窄,为5.9米宽,而两端桥堍处有12.2米宽。它是杭州最高、最长的古老石拱桥。拱宸桥始建于明崇祯四年(1631年),是当时的举人祝华封募集资金建造的。清顺治八年(1651年),桥坍塌。康熙五十三年(1714年),由布政使段志熙倡导并率先捐款,林云寺的慧辂和尚竭力募捐款项相助,历时4年,建成现在的这座拱宸桥。在古代,"宸"是指帝王住的地方,"拱"即拱手,两手相合表示敬意。每当帝王南巡,这座高高的拱形石桥,象征对帝王的相迎和敬意,"拱宸桥"之名由此而来。

在拱宸桥,和爱艺海阔天空地聊诗歌、谈艺术,真是痛快极了。离开拱宸桥已经是晚上7点多了,这一天我觉得很有意义。

8月12日　星期日　晴

按照杭州创作之家的安排,今天到绍兴参观游览。绍兴是文学巨匠鲁迅的故乡,作为当代作家,谁不想来这里感受一下深厚的文化底蕴呢?谁不想沿着鲁迅当年走过的石板小巷去寻找大师残留的脚印呢?今天,天气特别炎热,每个人的衣裤都几次三番地被汗水湿透又被穿干。在参观完鲁迅故居以及与鲁迅相关的绍兴古迹后,中午就在咸丰酒店用餐。咸丰酒店就是鲁迅笔下"孔乙己"

常喝酒赊账的那个酒店。由于酒店菜品较贵，创作之家安排在外就餐的标准实在点不了多少菜，要想吃尽兴，就必须自己掏腰包。我想体验一下孔乙己当年"多乎哉，不多也"的生活，所以也不想加钱。我对儿子说了我的想法，儿子很赞同，所以这顿午餐父子俩吃得很清淡，也吃出了不少感想。

绍兴是一个很有历史文化味道的城市，它是国务院1982年公布的第一批历史文化名城之一，是以春秋时期越国都城而闻名的，迄今已有2500年的历史。越王勾践卧薪尝胆、奋发图强的遗迹至今犹存，越国人"十年生聚、十年教训"的历史佳话为人们所熟知。在这块古老的土地上，不仅巍峨的寺塔、苍劲的石刻、轩昂的府第可以见证过去的历史，就是一条深巷、一条小河、一座石桥、一个门台，也往往能唤起你对历史的记忆。解放路是绍兴繁华的商业区。解放路与府横街衔接之处是轩亭口，是鲁迅小说《药》描写过的地方，在封建时代是刑人于市的处所。那是一个丁字路口，隆起一块方形的石块，叫行刑石，古代当地犯了死罪的人便在这块石头上斩去头颅。据说，秋瑾是在这里被杀了头的。为了纪念她，1933年在她的殉难之地建立了一座青灰色的石碑。绍兴的味道自历史的深处传来，又在时空中传播，绵长而久远。

绍兴人杰地灵，是著名的桥乡、水乡。这里不仅山川形胜，而且名士荟萃、俊杰星驰，史不绝书。明代公安三袁的代表人物袁中郎初到绍兴，就发出"士比鲫鱼多"的赞叹。毛泽东也曾赋诗歌曰："鉴湖越台名士乡"。

在绍兴，如果想寻梦，应该到鲁迅故居都昌坊口，在那里还保留着绍兴街巷的旧迹：周家老台门、周家新台门、寿家台门。三味书屋的所在地，小河与石桥都在，如果有雅兴，还可以乘乌篷船到沈园，感受这里的文人灵气。在我的足迹所到之处，徐渭故居一带，兴许还可以寻觅一两丝旧味。说是"一带"，其实只是两条小巷。巷中，一条小道，两侧高墙，涂饰白色的灰泥，这也就是江南人所说的粉墙。因为风雨的缘故，白的颜色不那么鲜艳了，而且渍印着黑色的雨迹。路经这里，难免忆起唐代诗人"更深月色半人家"的诗句。两条小巷衔接的地方便是徐渭故居，也就是著名的青藤书屋。一个不大的小园，葱茏着一株金桂。从园里出来，我的衣襟上还沾染着金桂的幽香呢。

8 月 13 日　星期一　晴转阴

今天是游西湖。

古往今来，西湖不知淹没了多少皇亲国戚、文人墨客、庶民百姓的足迹。

西湖，是一首诗，是一幅天然图画，是一个美丽动人的故事。不论是多年居住在这里的市民还是匆匆而过的旅人，无不为这天下无双的美景所倾倒。

过去我也来过西湖，但这次对西湖却产生了新的认识。这样说吧，过去来西湖，只是沉溺于西湖美景，就如对一个美女，只是看到了她的外表美；这次游西湖，是从历史文化方面的深层次思考，比如有对苏轼、白居易、胡雪岩、康有为的考量，也有对西湖的保护开发的思考。

比方说对胡雪岩这个历史人物的评价，作为一个"红顶商人"，他白手起家，奇迹般地崛起，但又迅速败落。见微知著，在胡雪岩身上发生的件件小事，仿佛在每个人，特别是商人身上都能找到答案。我以为他最大的历史功绩就是帮助左宗棠收复了新疆，这除了将士的骁勇善战外，无疑还有财力的血拼。那么面对今天的世界形势，不论是战与和，综合国力起着决定作用。一个贫穷落后的国家，始终摆脱不了挨打的命运。

在中国人的世界观中，山与水共同构成了一个完整的概念，象征着自然界。因此，西湖景观中的山与水是密不可分的，从景观组成角度讲，西湖边群峦等自然生态景观，是构成西湖景观格局的重要组成部分，也是西湖景观中近景和远景的层次所在。设想如果没有山只有水，从湖边望去只有一片开阔平坦的水面，这样的美就不丰富了。西湖是人文的湖，也是自然的湖。从白娘子的传奇到唐宋千年的诗篇，从许仙、白素贞、梁山伯、祝英台到其他与杭州有关的历史传说人物，都无不表现出西湖深厚的文化底蕴。

西湖是不可多得的世界遗产，但西湖申遗工作却是十几年路漫漫。1999年西湖申遗工作启动，直到2011年5月，世界遗产中心公布国际古迹遗址理事会对西湖申报项目的评估意见，第三十五届世界遗产大会表决通过了西湖申遗申请。我以为，申遗是手段，不是目的。保护西湖只有起点，没有终点；只有逗号，没有句号。为了更好地保护这个城市湖泊，必须严格控制遗产区内的环境容量、游览接待规模，严格控制进入西湖文化景观遗产区内营运或者行驶的船舶、机动车辆总量。

据说前些年，杭州有关方面打算人为地扩大西湖的面积，后来得不偿失，停止了。如果真的是这样，那就是违背了自然规律，破坏了生态平衡。此种"好大喜湖"行为一定不能重演。

8月15日　星期三　晴转阵雨

今天到茅盾故居所在地——乌镇参观游览，这是本次休假出行较远的地方。我提前在网上查了一下，从杭州市区到乌镇有76公里，如果从创作之家出发，估计不少于80公里。所以，老叶昨天就提醒大家："明天早晨7点准时出发。"

乌镇位于桐乡与嘉兴、湖州及江苏省吴江市两省四市的交会处，是江南水乡六大古镇之一，是我国现代文学巨匠茅盾的出生地，也是历届茅盾文学奖颁奖的地方。因此，乌镇成了我多年来梦寐以求要去的地方。乌镇是中国江南水乡古镇的典型代表，拥有7000多年文明史和1300多年建镇史，素有"中国最后的枕水人家"之美誉。除了拥有"小桥、流水、人家"的水乡风情和精巧雅致的民居建筑外，更有深厚的历史文化气息。乌镇民俗风情浓郁，是反映江南水乡生活的"博物馆"。

乌镇自古繁华。改革开放以来，古老的乌镇焕发了生机和活力。1991年，乌镇被评为省级历史文化名镇，1999年开始进行古镇保护和旅游开发，2000年推向市场，获得巨大成功。2001年乌镇被列入世界文化遗产预备清单；2002年荣获国家AAAA级景区称号；2004年被建设部国家文物局命名为首批中国十大历史文化名镇，荣登浙江省十大人气最佳旅游景区首位，荣获联合国颁发的"2003年亚太地区遗产保护杰出成就奖"。乌镇，正逐渐成长为一个世界级的旅游品牌。

乌镇景区分为东栅和西栅。西栅景区从西往东有3公里，水道纵横交错。一条条水道，一座座石拱桥，将西栅数平方公里的水乡连成一片。虽然西栅不全是原汁原味的陈年老屋，但还是比较完整地保留了江南水乡古镇的整体风貌。走进一条条巷道，就像走进了一座明清小镇。大染坊中，兰红花染布像一面面旗帜，飘在木架上，蔚为壮观；传统的酱菜坊内，数百缸酱菜放置在一个院落内，酱香一阵阵扑鼻而来；三寸金莲馆展示的是中国不同时期各地缠足小鞋近千双，让人感慨万分，它是中国封建时代妇女命运的真实写照。我们还去瞻仰了中国文学巨匠茅盾先生的墓地。茅盾先生出生在东栅，但他和夫人的骨灰安葬在西栅的一座小山头上。当我读着茅盾先生临终前写给胡耀邦总书记的信，一步步走到茅盾先生不太豪华的墓碑前，一种崇敬与景仰之情油然而生。东栅则以其原汁原味的水乡风貌和深厚的文化底蕴以及历史的纵深和沧桑感展示给游人的。东栅比西栅面积要小，但清一色的木板青瓦房。从其外观看，应有百年以上历史。百床馆的文化意蕴、木雕馆的巧夺天工、钱币馆的丰富馆藏、立志书院的书卷气息、清代邮局的原貌展示，茅盾故居的历史沧桑，让人大开眼界。

今天是本次活动最热的一天，同行的没有哪一个人没被汗水湿透衣衫的。几个体胖的人干脆找了凉爽的地方不走了，但重庆作家周火岛好像兴致特高，端着相机到处照相。四川作家张新泉应该是本次休假的作家中年龄最大的一位，是第一届鲁迅文学奖诗歌奖得主。他和他的夫人却不甘示弱，始终和大家一起行动，从没掉过队。新泉老师是我加入四川省作协的介绍人，在《星星》诗刊当编辑时还编发过我的诗。相交这么多年，相隔这么近，但我们从未见过面，能在杭州相见肯定是缘分，也是件高兴的事。

下午 3 点左右，乌镇下起了雨，给燥热的天气降了点温。不过雨很快停了，气温又迅速上升，后来我们乘车返回杭州创作之家。这时我才想起了出发前晾在绿草坪上的衣服肯定被风吹走了，没想到，回到创作之家发现工作人员已帮我收了，还折叠得整整齐齐的。这让我很感动，创作之家真是作家之家啊！

8月17日　星期五　晴

日子过得真快，不知不觉，来杭州创作之家已经 9 天了，明天大家就要与创作之家作别，各奔东西。

这次来杭州创作之家休假的分别是重庆作协副巡视员、作家周火岛，海南《天涯》杂志主编王雁翎，四川省作协副主席、《四川文学》主编意西泽仁，《星星》诗刊原副主编、鲁迅文学奖获得者张新泉，海南作家植树鹏，三联书店总经理、北京作家樊希安和我共 7 人，加上家属也就 10 来人。虽然时间短暂，大家都来自不同的地方，但我们之间很快就结下了深厚的友谊。我因重庆有事，今天就要先行离开，不能和大家一起参加今天的活动，因此，早餐时我就与大家一一道别，所有人都挽留我明天再走。老叶还特意为我和儿子准备了乘公交车的零钱。这次休假，我特别感谢创作之家的全体工作同志，不论是负责住宿和环境卫生的，还是负责厨房的，尽管我不知道他们的姓名，但他们每一个人都给我留下了深刻的印象。老叶这个人算是我最熟悉的，他接站购票，安排旅行路程，耐心细致，热情周到。特别是他一路详尽的介绍，胜过任何一位专业导游。老叶真名叫叶家裕，我是在离开创作之家时才知道的，至今我也不知道他是不是作家，但凭我的直觉，他知识丰富，特别是对于杭州的历史文化更是了如指掌，绝对够得上专家级别。

在杭州创作之家休假的几天，是那样的舒适快乐。在去火车站的路上，儿子问我，什么时候还能再来住几天。我说，说不定，也许三年五载，也许今生再也没有机会了。要知道中国作协会员有八九千人，按一年接待 200 人计算，要 45 年才轮一回呢！尽管再来的机会渺茫，但我将永远记住在这里度过的 9 天，记住这温馨幸福的"家"，记住"家"里的每一个人。

七里潭兰花

　　兰花是高洁典雅的象征，在植物花卉大家庭中，它与梅、竹、菊并列，合称"四君子"。古人通常以"兰章"喻诗文之美，以"兰交"喻友谊之真，也有借兰来表达纯洁爱情的。但我对兰花知之甚少，对种兰也是一知半解。有趣的是，我在重庆市开州区温泉镇发现了一株兰草，并自己给它取了名。可以说，它因我而得名，但能否因我而知名，我不得而知。

　　几年前的一个初冬季节，那天是个难得的好日子，多日的阴雨天气陡然雨住云开，太阳红彤彤地从东方升起。万州区某单位组织20多名三峡本土文化人到开州区温泉镇采风。一群思想活跃的文化人在车上天南海北地神侃，亦俗亦雅，倒也其乐融融。车不知不觉就到了开州区温泉镇，在时任镇长何永坤的带领下，大家游了仙女洞后游了七里潭，途中还参观了有着300多年历史的七里潭廊桥。一行人一路走、一路看，一路惊叹不已——为巧夺天工的仙女洞，为曲径通幽的七里潭，为七里潭廊桥的不朽和神奇，还为景观以外的某些东西。

青山做帐，白云为盖，饱含大自然气息的七里潭峡谷，是一个绝美的游玩去处。时令即将流转至寒冷的冬季，七里潭峡谷仍然山青水绿，峡谷两岸长满各种知名或不知名的花草树木。流水潺潺，时而奔流不息，时而静如处子，游人的倒影与山谷的倒影在溪水中碰撞，鸟的鸣叫和人的欢笑在山道上、在溪流旁交织。我想，如果在夏秋季节，七里潭峡谷定是一处休闲纳凉的好去处。在这里，可下棋、可垂钓、可拍照，尤其是对于长期居住在都市的游客来说，这里可享受到神仙般的快活。如此美妙的韵味，当是大自然对温泉人的恩赐，是对开州人的恩赐，是对所有游人的恩赐。正当我如痴如醉的沉浸在这如诗如画的美景中，眼前出现了一个奇迹：几株生长在岩缝中的兰草闯入我的视线。我有些诧异，兰草本是花草中的贵族，在这寒冷的冬季，在这寂寥的空谷，竟然还生长得如此泰然。

我的发现吸引了大家，纷纷发表看法，盛赞兰草的顽强、高贵。有人甚至谈起了兰草的种养，什么宜润不宜湿，什么宜暖不宜燥，等等，仿佛都成了养兰的行家里手。我找来木棍，小心翼翼地把它从岩缝中掏出来，捧在手中。女作家任小蓉见状，随口赋诗道："生在崖缝无人识，幸得杨君来采之。"万州电视台主任编辑张燕在此基础上经过修改，写成了一首七绝："深藏野谷无人识，幸得杨君惜采之。幽草幽幽幽几许，心香一缕慰相知。"这让一个简单的识兰、采兰过程有了特殊的含义。

人们常说，草木有情，花有灵性。大千世界，人才也罢，花草也罢，景点也罢，都有一个发现与被发现的过程。人讲究个知遇之恩，就说这七里潭兰花吧，倘若不被我发现，也许永远登不了大雅之堂。兰花家族芳名众多，这兰花岂不是连名字也没有了么？我发现了它，把它移植到书房的阳台上，并把它命名为"七里潭兰花"，现在它已数次分株，不论将来其命运如何，它总算有了它的归宿。

我想，这片生长了"七里潭兰花"的峡谷，尽管至今还藏在深山人未知，但我相信，总有一天，它会被开发并向游人展示它迷人的风采的。"七里潭兰花"也会声名远播。

行走在天坑地缝深处

一

人类对自然界的认识，总是从懵懂无知到一知半解，从一知半解到科学认知，再从科学认知到科学开发的过程。在夔门的大山背后，有一个和我们朝夕相处了亿万年，后来才被逐渐揭开神秘面纱的绝世奇观，它就是奉节天坑地缝。

天坑地缝景区位于长江三峡西首，属于七曜山山脉与巫山山脉的接合部。它北靠瞿塘峡，南接湖北恩施土家族苗族自治州，东连巫山龙骨坡古人类文化遗址，整个景区面积约 400 平方公里。景区分为小寨天坑、天井峡地缝、迷宫河、龙桥河、九盘河、桃溪河、龙门桥、茅草坝、神仙洞、旱夔门、石乳关等 11 大片，由 70 多个景点构成。这些景区，有的已经开发，像窈窕少女，有些羞涩，有些腼腆；有的还待字闺中，有些可惜，也有些无奈。

天坑是民间对地理学上喀斯特地质中漏斗的俗称；地缝则是"一线天"峡谷地貌，都是属于世界上独特的地质奇观。奉节天坑地缝堪称"世界之最",因此这两片景区就成了整个风景区的代表,故景区以天坑地缝冠名。

"天坑"和"地缝"中有石林、峰林、溶洞、洼地、天生桥、落水洞、盲谷、漏斗、竖井等千姿百态的景观。在天坑地缝景区,如遇天气晴朗,登上制高点金凤山顶,就会看到成百座小山都蛰伏在脚下。遇上有晨雾的天气,那一座座小山俨然是一个大蒸笼中热气腾腾的馒头。因为整个风景区的山峰形态可以说是变化无穷,令人目不暇接,有的若莲花亭亭玉立,有的若金鞭高高矗立,有的如千卷诗书层层叠叠,有的如三峡夔门两峰对峙,有的如玲珑剔透的太湖美石。在整个风景区,你看不到一座光头山,全都是流绿滴翠,碧碧苍苍。

天坑地缝海拔 1200 多米,其山秀美,其水碧绿。正当奉节县城酷暑难当的时候,这里却凉爽如春,是旅游避暑的好去处。

二

小寨天坑是在几座森林茂密、郁郁葱葱的山峦间凹下去的一个深不见底的椭圆形"大漏斗"。鸟瞰小寨天坑,峰峦环抱,四周岩石峭壁封闭。远眺群山起伏,峰连天际。遥望天坑对面的农舍,犹如火柴盒般大小。立足坑口,放眼下望,一削千丈的绝壁直插地下,深不见底的天坑吞云吐雾,令人心惊胆战。

据有关部门测量,小寨天坑坑口直径为 622.6 米,坑深约 660 米(相当于 6 座 30 层大楼的高度),坑底直径为 522 米。天坑四面绝壁,如斧劈刀削,坑底的暗河从高达数十米的洞中飞奔而出,咆哮奔腾，再从坑底破壁穿石而出，形成了美景如画的迷宫河。据专家考证，小寨天坑的深度、容积在喀斯特漏斗中居世界首位。其深度比号称天下第一的美国阿里西波天坑要深，是名副其实的"天下第一坑"。

天坑的四周远远近近、高高低低全是各种茂密的树，针叶、阔叶相互交缠在一起，将天坑重重围住。树的色彩一律绿绿的，像一团墨绿的烟雾。天坑上沿的红色石壁，像一面鲜艳的旗帜挂在山上，被四周各种青翠的树木环绕着。只是坑口直径太大，这些大树小树任怎样疯长，也只是天坑的一种小小的陪衬。从坑口看天坑的最佳位置是在右侧靠上的一块青石旁，这青石仿佛是特意从坑沿长出来的。贴着石块欣赏大自然创造的奇迹，感受那种因神奇险绝而带给人们心灵深处从未有过的震撼。坑底的风景更像是存在于我们生活的这个世界之外，它仿佛在地心深处，在人的想象无法企及的地方，在神话故事里，在五彩斑斓的梦中。朝坑底望去，只见一团如烟的墨绿浮现在眼中，拾一块石头扔下去，好一阵才会听到雷声般的声音轰轰隆隆从洞底一层层滚来，在天坑的四壁发出悠长的回音。

天坑里一派峥嵘景象，山峦起伏，树木丛生，野兔穿梭，百鸟鸣唱；蛇在草间滑行，雉在树丛逐飞，成群的岩燕、蝙蝠在坑内飞翔。若是春夏，这里更是山花烂漫，花香沁人心脾；若是秋季，满坡红籽山果，沉甸甸地缀满枝头，像村姑娇羞的脸蛋，特别惹人爱怜。天坑东北方的峭壁间，有一条曲曲折折的小路可通天坑底部。从坑口往下走300米左右，有一段宽10来米的台地，可供游人歇脚。台地的一处石壁下，过去有两间古朴的茅草小屋，住有一户农家。绝壁上有一条弯弯曲曲的羊肠小道，它是连通天坑与外界的桥梁。隔世的单调和寂寞，毕竟经不住多彩的现代生活的诱惑。现在，两间茅舍人去屋空，但也为这洞天府地平添了一道人文景观。它是自然经济向市场经济过渡的历史见证。后来，在小寨电站打工的刘健看到了这里的商机，竟然带着一家人在这里安营扎寨，做起了小买卖，既养活了家口，也为游人提供了方便，成了天坑一年四季最忠实的守望者。

从这段平地再往下走，又是一道 100 余米的峭壁悬崖。壁间有一溜人工修造的石梯，扶着石梯栏杆小心翼翼而下，就到了一块倾斜约 60 度的坡地顶端。从坑底延伸上来的斜坡，长达 400 多米。坡上草木丛生，到坑底的路便隐藏在这郁郁葱葱之中。山坡旁边的峭壁间，有几个大小不一的泉眼，喷出的泉水从高处飘飘洒洒而落，不是瀑布，却胜似瀑布。这就是被人们称之为"悬瀑"的景观。最神奇的莫过于这悬瀑了。那坑壁中间喷涌而出的瀑布，悬在半空中飘逸而下，然后变成细细的珠子散落一地，没有"飞流直下三千尺"的豪情，却有着如泣如诉、如梦如幻的意境。

到了天坑底部，犹如到了冥界地府，广阔的天空瞬间变成了一个小小的亮点。从坑底昂首仰望，嵯峨环形的矗天绝壁把天空紧箍成一轮圆月，挂在九霄之外。那坑口似乎只有碗口那么大，这时候，你会真正领悟到"坐井观天"的含义。

坑底一条湍急奔腾的地下河，从一个高达 100 余米的洞穴中呼啸而出，在凹凸不平的坑底流淌几百米后，又钻进了一个黑咕隆咚的窟窿。墨绿色的阴河中，珍稀的盲鱼、娃娃鱼成群嬉戏，吸引了游人的脚步。更神奇的是，在夏夜里，传说娃娃鱼会爬上岸来，像婴儿一样啼哭，给小寨天坑平添了几分神秘。

天坑附近，还有各式各样的洞穴供游人游玩。你可以到燕飞洞看蝙蝠起舞，到双飞洞领略温度迥然不同的奇妙，到神仙洞观赏千姿百态的钟乳石，到无名洞寻找古生物化石、古人类化石。

小寨天坑大大小小的洞穴，有的宽敞如厅，有的逼仄如巷。在东南方光溜溜的赤壁上，有好几处洞穴口，壁上有明显的烟熏火燎的痕迹。在西边绝壁上的一处洞穴口，还隐约可见石砌的短墙。是什么人在什么年代靠什么工具攀援进这些洞穴，又在这些洞穴里留下了什么样的遗迹，至今仍是个谜，有待人们去探索、去考证。

那么，小寨天坑是怎样得名的呢？据当地老人讲，在新中国成立前那个兵荒马乱的年代，山民常遭流寇土匪骚扰。一旦有音讯，大家便吹竹筒为号，带着干粮，扶老携幼到天坑躲藏，并切断峭壁间的通道，藏个十天半月可安然无恙。天坑成了老百姓藏身的寨堡，小寨的名称由此而来。另一说是，天坑边缘原有一石砌的古寨堡，相对其他地方的寨堡要小一些，因而得名。

三

人类对很多事物的形成和毁灭至今仍处在认识初期。天坑地缝是怎样形成的也是众说纷纭，有地壳运动说，有陨星撞击说，还有神力说。当我们仰望星空时，常看到飞过夜空的流星。流星落在地上，就是陨石。两万年前，一个重约 200 万吨的陨石，落在了美国亚利桑那州的沙漠里，把地面撞成了一个"天坑"。1908

年 6 月 30 日，震惊世界的西伯利亚"通古斯大爆炸"，有人也认为是一颗巨大的陨星撞击所致，也有人认为是外星飞碟所致，争论多年，至今仍无定论。那么，小寨天坑是如何形成的呢？据传，有探险家在峭壁深处发现了呈曲线排列的 7 个直径为 4 米的大圆球，球面似乎还有些奇怪的符号。据测定，这些圆球距今有 7500万年 ~8000 万年的历史。更有趣的是，据说，在天坑底部，探险家还意外地发现恐龙的头骨化石。令人困惑的是，这个头骨曾被锯成相等的两半之后又进行了缝合，其切割痕迹十分整齐，那么是谁对它实施了外科解剖呢？后来，又有了新的发现，在天坑底部的一侧测出有一道向北延伸的狭长岩缝，但此岩缝究竟能延伸多长、延伸到什么去处，却无法搞清。不过当他们艰难地沿着这条岩缝行走到 300 米处时，又发现了 7 个也是呈曲线排列的三角形箱子，后来有人回忆说因这里光线十分灰暗，似乎看到箱子在隐约地发光。当有人试图去接触这些箱子时，又好像有电流穿过。探险家们在小寨天坑的考察过程中所遇到的种种奇遇，使天坑谜团重重，于是有人说天坑也是陨星撞击而成，但是在它的周围却看不到撞击时留下的任何痕迹，也看不到被撞击瞬间因冲击所产生出来的物体。于是又有人说小寨天坑是外星飞船失事造成的，甚至说小寨天坑是"外星人基地"，否则天坑内部那些传说的大圆球、圆球上无法破译的符号、精确切割的恐龙头骨化石及隐隐发光的三角形箱子等种种难以理解的现象又该如何解释？天坑的美的确是世间罕见、独一无二的。好多外国的探险队把探测小寨天坑称为"地心下的漫游"。

天坑之美不在险，走在那窄窄的小道上，尽管感觉似乎处处险象迭生，稍不留神就会跌入坑底，可其实没有想象中那么危险；天坑之美不在秀，它岩壁耸峙、山石嶙峋，犹如一位老态龙钟的老太独自守望苍穹；天坑之美在于奇，岩树、暗河、悬瀑，无处不奇。

四

地缝发源于奉节县长安乡茅草坝高山草场，由多个峡谷组成，全长 37 公里，呈 V 字形，其末端距天坑不到 5 公里。地缝的最后 10 公里逼窄如巷，宽处几十米，窄处仅容一人通过，但深度却从 4 米骤增至 250 余米，最深处达 900 多米，形成"一线天"景观。

无数条溪流跌瀑从碧草丛中钻出来，从黑暗幽深的洞穴中涌出来，从悬崖绝壁上掉下来，在万山丛中弯环曲折，描绘出一道道旖旎多姿的风景。从海拔 2000 多米的草原奔腾而下的一条小溪，叫撒谷溪，它像一位奇特的艺术大师，以其精湛的艺术手笔，创造了一条世界罕见的大地缝。两条平行的山峦之间，雾气弥漫，茂密的森林掩映着一条深陷 200 多米的巨大的缝隙。地缝两侧山崖，叠嶂耸翠，奇峰环立。一座大山，像一头栩栩如生的大象矗立在悬崖边上，守护着神秘的地缝。穿过"大象"脚下的天生桥，下到地缝底，一个黑咕隆咚的大洞穴呈现在人们面前。这个洞叫"黑眼"，英国探险家曾数次深入其中，发现它幽深无比。洞中有一条汹涌湍急的地下河流。

沿地缝往前走，山势狭窄，怪石嶙峋。一片凹进的悬崖下，有一口碧森森的深潭。潭四周峭壁如削，当地人叫它"瓮坑"。愈往前走，缝底愈是狭窄。两山对峙，双峰欲合，中现蓝天一线，许多地方都有"一线天"的险峻景观。嵯峨的山崖，凸出凹进，奇形怪状，犹如牛鬼蛇神伫立两旁。冷飕飕的风从缝深处吹出来，令人毛骨悚然。头顶丛林里不知名的飞禽走兽一声声鸣叫，更叫人感到阴森恐怖。

探险专家推测暗河与小寨天坑相通。下到谷底，但见深潭莹莹、银瀑灿灿、清流淙淙。谷洞间岩燕啁啾，蝙蝠翻飞，水中虾蟹潜游，叫声如婴啼的娃娃鱼、能看清内脏透明的玻璃鱼可爱至极，尤为珍稀。沿溪深入，步移景换，美不胜收，令人目不暇接，。两壁奇峰叠耸，怪石嶙峋，观之如蛇如猴、似牛似马，或似情侣依偎，或如将军出征，或若观音显灵……真是栩栩如生、惟妙惟肖。进入"一线天"，足下溶洞密布，竖井参差，头顶丛林遮天蔽日，一线天光，恍如置身于洞天福地、世外桃源……若是雨雾迷离下的地缝，会更显神秘莫测，诗意朦胧。

五

方圆 400 多公里的天坑地缝景区里，既有海拔 200 多米的峡谷风光，又有海拔 2000 多米的原始草场和森林，动植物资源十分丰富。它犹如一位犹抱琵琶半遮面的美人，给人们带来无限遐想。

天坑地缝超出人们想象的复杂与神秘，吸引了很多的科学家和探险家陆续走近它。从 1994 年开始，这里吸引了一批又一批中国、英国、法国等国的科学家。经数十次的探险，科学家在这一地区发现了数以千计的"落水洞"，初步判断地下存在一个巨大的水文系统。

中国地质科学院岩溶研究所的一批专家，更是在此安营扎寨，对这一地区的地质地貌进行全面考察，研究这一世界地质奇观的形成年代，想揭开其科学上的谜团。科学家们发现了天坑底部通向外界近5000米童话般的地下通道，以及无数深邃的洞穴。在地缝干谷下发现了汹涌澎湃的地下暗流，并根据暗流走向，推测天坑和地缝同属于一个水文体系。国际洞穴协会副主席、英国著名探险家伊文思·安迪从1995年第一次到天坑地缝考察后，就一直致力于走通地缝与天坑间的地下通道。他曾4次率队探察这一地区，但终因地形复杂未能如愿。与此同时，一支中法联合探险队也在这一地区发现一条超长的地下暗河系统，经过3次探险，探察了10多公里长的地下洞穴，在这里发现了气势恢宏的地下大厅、宽广的地下湖以及迷宫式的洞穴群，但最终未能完全弄清暗河系统的情况。

对天坑地缝感兴趣的不仅仅是地质学家，还有中国科学院动物研究所、植物研究所、水生动物研究所以及中南林学院、东北林业大学、华南濒危动物研究所的一批专家。他们通过数次考察，在天坑地缝及其周围地区发现了近100种珍稀动植物。"巫山猿人"的发现者、我国著名的古人类学家黄万波教授在天坑地缝发现了10余处古生物化石点和大量的古生物化石。黄万波根据邻近的"巫山人"和"建始人"文化遗址的情况，推测这一地区也是古人类活动的重要区域。

我国著名的洞穴专家朱学稳教授告诉记者，天坑地缝是长江三峡形成的活化石，对其进行深入考察研究，是破解长江三峡形成过程的一条重要途径。

六

天坑地缝景区是中华大地上自然景观的极致，我认为从某种意义上讲，它的自然美一点不比张家界逊色；天坑地缝同时也有着极深的文化内涵，是自然与人文的融合，从这一点上讲，它又远胜于张家界。

相传西汉末年（公元 8 年），王莽废汉称帝，引发了全国规模的农民起义。刘秀也打出反莽旗帜，组建春陵兵与王莽抗衡。王莽认为起义军中刘秀对他威胁最大，于是亲自率兵追杀刘秀，以除后患。当王莽追至奉节天坑地缝时，被铺天盖地的浓雾和延绵几十公里的地缝阻隔，延误行军。刘秀就是凭借天坑地缝这天然屏障躲过了一劫。后来，刘秀继续兴兵伐莽，于公元 23 年，会同绿林农民起义军杀死王莽，建立东汉，史称汉光武帝。三国争霸时，刘备为给关羽报仇，不听诸葛亮等人劝告，执意伐吴，结果被陆逊火烧连营 700 里，死伤不计其数。刘备带着残兵败将，向白帝城溃逃。陆逊紧追不放，夜晚追至天坑地缝，大军被阻隔了整整一个晚上。第二天陆逊快追至白帝城时，又陷入诸葛亮早就布下的八阵图迷魂阵，刘备才因此得以逃到白帝城托孤寄命。1934 年，贺龙、任弼时领导的红二、六军团也曾在天坑地缝一带与敌人周旋过。抗日战争爆发后，当地老百姓为躲避日机轰炸，也曾把天坑地缝作为藏身之处。

天坑地缝景区的雄、奇、险、幽，一直是众多探险家和户外运动爱好者探险和一展身手的宝地。2003 年 8 月 12 日中央电视台"欢乐英雄飞跃新三峡"热气球漂移活动成功在天坑举行，赢得世人聚焦；2003年8月22日，新疆达瓦孜传人"高空王子"阿迪力，仅用40分钟在687米长的钢丝上走了个来回，打破了由美籍加拿大人科克伦和他本人创造的高空行走300米的纪录；2004年10月18日，"亚洲第一飞人"陕西人罗周强骑摩托车跨越天坑，海内外轰动一时；2008年10月2日，首届长江三峡国际低空跳伞节在天坑开幕，来自澳大利亚、美国、波兰、俄罗斯等10个国家的运动员，在天坑绝壁和钢绳上飞身跃下，创造了国内低空跳伞新纪录。

可以预料，奉节天坑地缝这一人文与自然交相辉映的绝世奇观，在科学开发的前提下，将会吸引更多的来自世界各地的游人。

夜宿黛溪

黛溪，又名大溪，是瞿塘峡东口的一个小镇。

清清黛溪河，酿就了驰名天下的大溪文化。伏居在黛溪河边的小木楼，使黛溪更显出古味。峡风吹拂，江河迤逦，黛溪盛名，让世代居住在古镇的人们自豪得不得了。

"走，到黛溪夜宿去！"几年前，诗友晓光和我就产生了这样的念头。自此，春花秋月，我都在心里领略黛溪河、黛溪古镇夜晚的万种风情。

是日，一行文化人从白帝城出发，踏着茂密的野草，在古人开掘的栈道上缓缓行进。每个人的思绪仿佛都飞越了现实，又如大鸟一样落到了历史的枝柯上，想从深深的纤痕里获取一点文化营养。

走出瞿塘峡口，遥看黛溪古镇，一缕缕淡淡的炊烟，从古镇沧桑的房顶溢出、弥漫，渐渐溶入晚霞，那么有诗意，恰似一幅美妙无比的图画。

晚霞过后，天顿时变了脸，紧接着下起了密织的大雨。未带雨具的人大都淋成了落汤鸡。在镇上一家姓董的人开的餐馆刚吃饱喝足，天迅速地黑了下来。夜静极，无所谓始，亦无所谓终。沉寂中，似有狗吠声传来，远远的，难以感知是有还是无。对岸，信号台的一点点灯火浮起来，长江上来来往往的船只仿佛不知疲倦地行进着，斑驳的光影勾勒出淡淡的轮廓。

雨，一阵忙乱后终于停下了手脚。倏忽间，眼底迸出一道纤纤粼光，在远方天地间一条蓝黑色的长带处，月亮的衣裙渐渐托起银色的波浪，一点点地逼近黛溪河。银色的波涛拍打着黝黑的河岸，使黛溪河更显得神秘。瞿塘峡的雄姿也越发看得分明。月光忽明忽暗地变幻着深浅不同的色泽，就像韵律的变幻流转。这时的黛溪古镇仿佛荡漾起一曲徐缓而明快、执着深情而富于底蕴的旋律，涛声被它淹没，斯人在此，如同置于梦幻般的境界。

夜渐深，月亮越升越高，圆而清纯。溶溶月光擦亮黛溪河面，映入河中的明月皓如玉镜，与天宇中的明月上下辉映。河面涟漪轻荡，镜月随着微波时明时暗，或圆或碎，轻盈地吟唱着。月夜温柔，恍兮惚兮，竟不知今夕是何年。

黛溪古镇沉睡了，月亮加速了力量的凝聚，愈发明亮的月华洗涤着远山近水，夜雾如玉乳一般悬浮着，随风轻游着，渐渐浸入深奥莫测的天际。圆盆一样的月亮上，那玉兔清清楚楚地蹲在桂花树下，只是不见了寂寞的嫦娥。

月亮渐渐西斜了，远山次第变成了紫黑色。

黛溪河水越显得白，东方的天空就越显得黑。这时，一艘上行的轮船把一柱强烈的光照射在古镇上，使古镇在无声中变成了白昼。

云阳行

一

云之阴，巴之阳。关于云阳县名的出处，查遍手中已有的资料，都没有权威的解释。有一种解释是云阳山谷纵横，冬秋季节多云雾多雨水，故"云阳"意为太阳常隐蔽于云之下者也。这仿佛有点望文生义之嫌。云阳挂"阳"字的地方很多，诸如岐阳、高阳、路阳、大阳、巴阳等。一个县这么多与"阳"字相关的地名，这是个很奇特的现象。云阳县云安镇是千年古镇，盛产食盐。古代社会，盐是国民经济命脉，朝廷在各地设盐官，专司盐务，这说明盐对国家的重要性。云阳历史悠久，但云阳的云安镇历史比云阳更悠久，据我揣测云阳县名出处应该与云安盐和巴阳有关。还有一说：古人在发音中常常将盐、云、永混淆，云安说不定叫"盐安"。假如此说成立，那么云阳就是"盐阳"了。

二

其实这些都是题外话。重要的是古代的云阳人和现代的云阳人都有一个共同的特点：忠勇善良、锐意进取。

一个张飞庙，其内涵就是表现了古代云阳人的从善本性。不是么？张飞被其麾下张达、范疆谋杀，并领首级去投奔孙权，中途闻吴蜀讲和，故将张飞头颅弃于长江。有云阳渔人夜得张飞托梦，梦见一位满身血污的将军自称是蜀国大将张飞，将随波来此。次晨渔人来到飞凤山麓江边撒网，竟得张飞头颅，于是将其埋葬于飞凤山麓。后来，乡人在获头颅处立祠修庙，祭祀这位蜀国将军。还有一说是渔人在打捞张飞头颅时，意外捞起一坛金子，于是用此金修了张飞庙。不论哪种说法，都说明了云阳人善良厚道之品德。如果不是云阳人的善良厚道，今天的张飞庙也许不在云阳而在别的地方了。

三

在三峡工程迁建中，云阳的决策者们很具有前瞻性和大气魄。云阳的滨江公园、月光草坪的设计和规模在库区县一级城市中屈指可数。我在想，在县城中心地带，拿出上千亩面积来建公园和草坪，增加城市绿地面积，增加市民的活动空间，提升城市的竞争力，这是需要有远见卓识的。

对于云阳旅游产业的发展速度，我只能用"惊人"二字来形容。以龙缸景区为例，它和奉节天坑地缝景区毗邻相望，龙缸景区比天坑地缝景区至少晚开发10年，但现在已有将把天坑地缝景区甩在了后面之势。且不说它被授予国家 AAAAA 级旅游景区、国家地质公园等封号，它还被游客誉为长江三峡最后的"香格里拉"，被户外爱好者誉为重庆版的"小华山"。单凭龙缸景区的人气，也远远超过天坑地缝景区。旅游最重要的就是为游客制造惊喜，为了这一点，云阳人还在龙缸景区建成了号称世界第一的玻璃廊桥，开发了大安洞溶洞景观。今天的龙缸景区已是集天坑、峡谷、溶洞、高山草场、森林、游船、土家风情等自然与人文景观于一体的全域大景区。云阳人用"天下第一缸""天下第一廊桥"，吸引了游客，也让游客心甘情愿地掏出兜里的票子。

龙缸，我说不上多少次和你牵手，但对你的认识是不同季节、不同天气有不同的魅力，所以来龙缸一定要在不同季节、不同天气多来几次，这样才能感受龙缸变换的美、流动的美。

2016 年 4 月我参加了《人民文学》、云阳县人民政府主办的全国著名诗人走进龙缸采风活动。4 月的龙缸，春雨霏霏、烟雾蒙蒙，犹如披上了神秘的面纱，你越是想躲避春雨，越想走近它触碰龙缸男人般的强健，越想走近它抚摸龙缸女人般的柔美。

龙缸，作为自然景观，它被云阳人赋予了形象化的文化内涵。爱情是人类永恒的主题，龙缸把这一主题演绎到了极致，比如半月包、爱情天地、问情崖、牵手栈道等。云阳人懂得旅游心理学，在景区已经存在的惊险奇峻之外，还在不断制造神奇，让游客惊奇、惊讶，甚至惊险。云阳人很会做广告，他们不满足于最早的"天下第一缸"，又投资建起了"天下第一廊桥"云端廊桥、大安洞等景点。假以时日，也许他们还会捣鼓出一个什么天下第一来！

在大安洞，我并不为有亿万年历史的千奇百怪的钟乳石所震撼，而是被大安洞口残存的近代民居遗址所感动。据介绍，这里原来住着两户农民，直到20世纪的1982年才搬离。门前门后，悬崖峭壁，他们要靠攀缘悬崖才能出行，才能与外界交流，生存繁衍何其艰难！更可贵的是，在这里还保存了他们战天斗地的精神写照。在残存的墙壁上至今还留有"向穷山开战，向荒山要粮"的标语，以及"人民，只有人民，才是创造历史的动力"的伟人语录。

云阳人正是用这种不屈的精神在建设新云阳。

四

人类社会进入文明时代，人们对神力的膜拜以及对自然界的敬畏，已经被科学和有限的创造力一点点取代。龙缸景区就是一个现代版的科学与自然完美结合的优生儿。

祝福龙缸！祝福云阳！

话说巫溪

巫溪人的厚道

这些年因工作关系或探亲访友，常常到巫溪，对巫溪的人文历史有了一些了解。人们常说，文学即人学。研究人恐怕是搞文学的人必须具备的基本功。从这一点出发，我以为巫溪人性格中的厚道、豪放本身就是一个典型群体。别看巫溪偏远、欠发达，但巫溪人待客的热情、大方却不亚于主城和经济发达地区。这一点不少人和我有共识。

"要好耍到巫溪，分钱不要耍一个星期，走的时候还带包东西。"这本是一句笑话，但也反映了巫溪人好客的一面。

记得还是 2006 年，我在奉节的运管部门任职，因奉云路坍方堵塞了交通，我必须赶到市里开会，只好转道巫溪，经由巫溪的尖山乡（现在好像叫镇），不巧又在尖山遇上堵车，一直到第二天早晨才通车。前不挨村，后不着店，晚饭只好到附近的农家解决。于是，我和驾驶员爬到山上一家王姓农户找饭吃。没想到这家人非常热情，不仅马上为我们准备饭，还煮腊肉，主人还一再劝我们酒。酒足饭饱后，又腾出刚结婚不久的儿子的新房让我们睡觉。第二天早晨，我掏出200元钱付给主人，但他们无论如何也不肯收，这份人情就只好这样欠着了。

巫溪人的热情大方从劝酒上也可窥其一斑。巫溪人喝酒不允许撒痞。如果撒痞把酒往地上倒，那是要翻脸的。巫溪人喝酒讲场合大。前几年的一个夏天，我到巫溪公干，一个朋友邀我到宁河边喝夜啤，开始只有我们两个人，越喝人越多，到最后就有了一大圈十多个人了。每经过我们桌子过的人，几乎都要被朋友喊住："来来来，兄弟，搞一杯！"来者也不拒。"来来来，这是奉节的杨老师，搞一杯！"来者端起酒杯，递到我面前碰一下："杨老师稀客，欢迎来巫溪，好生耍几天，我先干为敬。"脖子一仰，一杯啤酒就下去了。走的时候还不忘把我的杯子满上，一抱拳："杨老师，喝好，我那边还等着的，先走一步啰。"等他走远，我问朋友这是哪位，朋友一脸茫然地说："我好像不认识这个人，只是面熟。反正巫溪人就这样，爱凑个热闹。"

"爱凑个热闹"，也许是巫溪人性格中厚道、豪放的另一面。巫溪人很有互助精神，哪家有红白喜事都要去帮忙，凑个份子。特别是农村，婚丧嫁娶，乡亲邻里一家搬，即帮忙也帮饭，一般都要吃上个三五顿，把事做完了才走。

巫溪官员少有架子。2011年8月，市作协组织作家到巫溪采风，时任县委书记郑向东亲自到县规划馆为作家们讲解巫溪的城市规划，不认识的都以为他是县建委的一般干部或是县规划馆的设计人员。郑书记如数家珍地向我们介绍了巫溪的十年发展规划。在他神采飞扬的介绍中，我们分明看到了一座山在城中、城在水中、人在园中的森林城，如世外桃源般的宁静之城，山水相依、天人合一的灵动之城出现在我们眼前。后来他又陪采风人员下去采风，不坐县委的小车而和作家们一起坐中巴，沿途给大家当解说员。前不久再次到巫溪采风，县委常委、县委办主任熊莉亲自驱车到几十公里以外的上磺迎接。这种礼贤下士的作风，不仅让人体会到了巫溪人的热情，也让人看到了巫溪未来的希望。

巫溪人的语言也很有特色，值得语言学家研究。比方说，把"王"读成"玩"，把"钱"读成"情"，把"面"读成"命"，把"路"读成"漏"，等等，听起来很有趣，凭我的所见所闻，巫溪语言，全国独有。

宁厂古镇和巫溪的盐文化

真正认识巫溪，应该说是从盐开始的。早在20世纪60年代初，我刚上小学，那时不仅粮食匮乏，很多物资都很紧缺，特别是食盐，不少青壮年由于吃不上盐，都患了"黄肿病"，没法下地劳动。盐这个东西很奇怪，不吃不行，吃多了也不行。我所在的生产队为了解决食盐不足的问题，常常派人翻山越岭到巫溪搞盐。具体怎么个搞法，我不清楚，只依稀记得，派出去搞盐是一件很神圣的事，先得让派出去的人吃一顿饱饭，天不亮吃饱了饭的人就得上路，避免让更多的人知道。即便这样，也常常无功而返。因为那个年代，盐这个东西是特控物资，不是想搞就能搞得到的。

据史料记载，宁厂古镇距今有4000多年的历史，曾因盐设监、州、县，明清时成为中国十大盐都之一，有过"一泉流白玉，万里走黄金""吴蜀之货，咸荟于此""利分秦楚域，泽沛汉唐年"的辉煌，堪称世界的"上古盐都"。据考证，鼎盛时期，大宁盐场所产之盐，行销川、陕、湘、鄂、黔诸省，四方商贾云集，成为全国最重要的盐业生产地和贸易地之一。

巫溪是否就是"巫咸国"的发源地，有待进一步考证。"巫"可能是一种神灵，但"咸"肯定与盐有关。据研究发现，巴国因盐而生，这是不可否认的。盐，作为人维持生命的重要元素，不知是什么时候被人类发现并使用到人们的生活之中，成为人类生存不可或缺的东西。这雪白的结晶体，在远古时期，就被巴人广泛挖掘、提炼、生产成商品，从而积累财富，让古老的巴人摆脱了蛮荒，从而一步步走向文明社会。盐，写就了整部巴人的历史。因为盐，巴人成为峡江历史上一个强大的族群。因为盐，最终促成了巴国的兴盛和衰落。

1996年，国家明令禁止传统的"平锅制盐"继续生产，在亏损的深渊里挣扎多年的大宁盐场，终于顺理成章地停产、关闭。几千年来围绕着"大宁盐场"而存在和繁荣的宁厂古镇，以不可思议的速度迅速衰败。到现在，真正在镇上居住的人都是一些失去劳动能力的老人和因为父母在外打工无暇顾及而交给老人照顾的孩子。看到破败的古镇我们不能不产生些许遗憾。那么，宁厂古镇能否凤凰涅槃，迎来重生呢？我以为是可能的。当然，这个可能性绝不是简单地恢复制盐业。因为从生产工艺来讲，我们已无法跟上现代化制盐业的脚步；从资源的丰富程度来讲，它已远远不能满足现代化制盐业需求，继续用传统的作坊式生产，又必将重蹈严重亏损的老路。

怎么办？一是考虑把宁厂古镇纳入巫溪旅游的总体盘子，深挖盐文化，在古镇建一个中国盐文化博物馆。这个投资不是很大，一个县应该可以承受。二是恢复传统的作坊式制盐，让游客目睹制盐过程，把生产出来的盐进行形象化精包装，以高出普通食盐的价格卖给游人。注意，这个包装一定要形象，游客买回去后可以把玩，可以做装饰品。同时，结合中国传统中医学，对盐进行深加工，生产出医药用盐。三是恢复古镇风貌一条街，将高山移民动迁至镇上，从事旅馆业、饮食业、旅游商品零售业等第三产业。古镇不恢复，打造盐业文化就是一句空话。

总之，宁厂古镇的文章可以做，但必须因地制宜，绝不可大起大落，脱离实际贪大求洋。

巫溪旅游的春天不会远

巫溪县是一座天然的旅游资源富矿，而且特色突出、品位高，巫溪文化具有全国唯一性。这种富矿主要是由云中花海红池坝、文化之水大宁河、重庆之巅阴条岭、中国地心鸡心岭、千奇百怪巫灵洞、千年盐都宁厂古镇等构成的。从某种意义上讲，巫溪是名副其实的聚宝盆，巫溪人端着的是一个闪闪发光的金饭碗。

我的一位朋友到红池坝后回来告诉我：红池坝就是一个梦幻之地，玩了几天，仿佛就在梦境中，从身体到心灵得到了洗礼。空气宁静，山峦宁静，人的心也格外宁静。宁静是一个人的最高境界。

我曾两次到过云台观，每次都被云台观的雄险奇幽征服。云台观是大宁河沿线最高峰，也是巫溪有名的宗教圣地，既有夔门之雄，又有峨眉山舍身崖之险，道、佛、巫三教合一，历史上是川东古刹之冠，曾与武当山并称。一个亲戚的儿子在云台观出家，我见到了他，很热情地招呼他，但我们之间仿佛隔着一层尘世的薄纱，他对我不冷不热不说，反而一口一个"施主"地称道。后来，听他母亲讲，他对他父母也不称爸妈，也是一口一个"施主"的称呼。难道尘世和宗教真的有那么远的距离吗？

总之，巫溪的景点都有独特的诱人之处。

近年来，巫溪县委、县政府着力提升软实力，从挖掘历史文化着手，打造逍遥巫溪、灵动巫溪，建设中国"慢城"，以期吸引游客。我以为，这些举措都非常好。在巫溪县委、县政府组织的座谈会上，我就说到，巫溪发展有优势也有劣势。优势就是旅游资源丰富，文化底蕴深厚；劣势就是工业基础薄弱，交通相对闭塞，距离中心城市较远。巫溪只能取其优势，避其劣势，发展旅游产业，这个蛋糕完全可以做大。在发展旅游上，要进一步解放思想，大胆引进外资，鼓励多种经济进入巫溪开发旅游市场。要有只要对自己有利，不怕别人赚钱的宽广胸怀。

但是，巫溪旅游还没有迎来春天，还在困惑与徘徊中。当然这是正常现象。旅游市场需要培育，旅游景点从发现、开发到成熟有一个过程，这个过程没有现成的公式，也没法用时间计算。但不可否认，好的规划和促销方式十分重要。就巫溪旅游而言，我以为不仅要有总体规划，还要有具体景点的规划。规划要立足长远，重在当下，要科学客观，要有可操作性。在具体实施上，要做到先易后难，先成熟景区后新景区，不能齐头并进，用成熟景区辐射新景区。

凭着巫溪旅游资源的得天独厚，凭着巫溪人的执着，我相信，巫溪旅游一定会迎来真正的春天，而且这个春天不会太远。

濑溪河水向西流

大江东去，黄河东流，天下的江河无不如此。

但流经重庆市荣昌县的濑溪河，却反其道而行之，日夜不停地向西流。天下的事就这么奇怪，什么东西要是与众不同，就会引起人们的注意，循规蹈矩，反而容易被人忽视。因此，濑溪河水向西流，不知给多少人留下猜测，留下无限的遐想……

这次我因私到荣昌，在荣昌文艺界的几位朋友陪同下，前往万灵古镇参观。当朋友们向我介绍濑溪河向西流这一独特自然现象时，我就暗喜：大吉大利啊！

不是么？荣昌地处渝西，濑溪河向西流。以我的出生地为基点，我16岁入伍在重庆綦江当兵，应该说人生的第一站在西方，入党提干在西方，退休后经商选择在西方，经商后掘取的第一桶金还是在西方，西方成了我最幸运的方位。

我出生在长江三峡的农村，除了具备吃苦耐劳精神外，骨子里是还残余一些封建迷信的东西。小时候常在长江里游泳，每遇回水产生西流现象，我都会借着西流很省力地游到岸边。这时，我总爱问大人们：水怎么向西流呢？大人们当然难以回答这个问题。后来我长大了，发现一个现象：庄户人家建房子，都乐意把门向东，认为采东阳之气，汲西来神韵，这样就吉祥，就能发财。看来西方有神圣的一面，要不，西游记中唐僧师徒何以经历九九八十一难，也要到西方取得真经呢？

再说濑溪河，我查了很多资料，都难以找到有关它起源的权威解释。那么，何为"濑溪"？单从字面上讲，"濑"是指"从沙石上流过的激流"。王逸补注："濑，湍也。"《史记·司马相如列传》载曰："东驰土山兮，北揭石濑。"陈子昂《同王员外雨后登开元寺南楼》诗曰："岩庭交杂树，石濑泻鸣泉。"我仿佛还记得《楚辞·九歌·湘君》中有诗云："石濑兮浅浅，飞龙兮翩翩。"这些可能就是濑溪河的"濑"字较为客观的出处。

濑溪河为沱江左岸一级支流，发源于重庆市大足区巴岩店，流经大足、荣昌、泸县和泸州市龙马潭区，于龙马潭区胡市镇注入沱江。干流全长238公里，全流域面积3257平方公里，荣昌县境内流域面积708平方公里，从万灵古镇进入，流经昌州街道、昌元街道、虹桥村、广顺镇、安富镇、清升镇，从清江镇流入四川省泸县境内。大足、荣昌、泸县都称濑溪河为母亲河，由此可见，它对3个区、县有着十分重要的作用。

濑溪河经年累月供人们饮用，人们不断地向它索取，却还有意无意地污染它、伤害它，可它并不在乎，永不停歇，日复一日地流着，毫无怨言地滋润着这片土地。如此想来，自然界很多东西，包括濑溪河都是人类的朋友，都是伟大的。

我想人类和自然界的和谐，往往是自然界先做出牺牲，人类才逐步认识到对自然的破坏就是对自己的伤害，然后才亲近自然，尊重自然。濑溪河是一道永远的风景，清晨烟雨朦胧，濑溪河静如处子，河两边有芊芊芳草、春风细柳、黛青农舍、袅袅炊烟；傍晚霞光辉映，濑溪河动如彩带，在河渚、在田野飘啊飘，从东边一直飘到出口处，这是多么的诗情画意啊！

一条濑溪河从东向西湍湍流过，万灵古镇因此就有了灵性。

上午 11 点过，那些穿红戴绿的村妇或从河的此岸走向彼岸，或从彼岸走向此岸，那是一道十分养眼的风景。那些不管在什么季节，都煞费苦心地向河里抛撒诱饵的渔夫，巴不得最大的鱼儿上钩，难道不是人类贪婪之心的自我暴露么？那些扭动身姿在河边浣洗的大姑娘、小媳妇，她们搓洗捶打的节奏，本身就是一道活生生的古镇清明上河图，让人读出了古镇的朝气与活力。

我猜想，若是夏夜，濑溪河边的黄桷树下，一定会聚集很多乘凉的人吧？他们会无拘无束地谈天说地，天上地下、古今中外什么奇闻趣事，都会在这里引起共鸣。那些上了年纪的老翁很可能为了一个久远的旧闻争得面红耳赤。

你若是初来乍到的游客，也不用担心，这里一样会有你的一席之地，说不定你手中的相机、你的穿戴、你的背包还能成为古镇人话题的中心。

濑溪河这条在中国版图上并不知名的河流连着沱江，连着长江，也连着大海。小河淙淙，述说着古老的歌谣，也述说着濑溪河两岸众生世世代代的悲欢离合。

濑溪河缓缓向西流，你见不到它到底有多深，也不会知道它流向大海后哪一滴海水是属于濑溪河的。

凤凰山梯道

　　我不得不佩服奉节凤凰山梯道的设计者，在浩大的体育工程中，匠心独运地注入历史文化与现当代文化元素。

　　我不得不赞美奉节凤凰山梯道的建设者，在本是按图索骥的施工中，精雕细作，把每一块碑、每一幅字做得那么无可挑剔，从而使凤凰山梯道在竣工不到一年的时间里，成了县城内最抢眼的景观。我敢断言，再过五十年、一百年、一千年，凤凰山梯道一定会成为夔州大地上不可多得、不可复制的人文景观。

　　凤凰山梯道于 2011 年 6 月 28 日竣工。竣工伊始，每天就有数百人乃至上千人来此攀爬健身。特别是早晨和黄昏这两个时段，健身的市民更是川流不息。他们或漫步攀登，或疾步冲刺；或卿卿我我，或挽手低语；或平常素装，或一身运装，构成了一幅流动的风景线。那场景，不得不叫人惊叹：后山建梯道，当今奉节殊！

　　凤凰山梯道项目于 2009 年 7 月启动，当年 12 月 28 日开工建设，预算总投资 8400 万元，分两期实施。一期工程从西江山庄东侧院坝至垭河，长约 0.8 公里，上下高差 270 米，由土建工程、文化工程和绿化工程三部分组成。投资 5400 万元的土建工程，由 3000 平方米的北斗广场、580 平方米的七星楼仿古建筑、1860 步青砂石踏步及石栏杆、1930 平方米的次广场入口、2650 平方米的望江平台及部分管理用房构成；投资 900 万元的文化工程，以倒叙的方式展示了 20 世纪开始的三峡大移民到公元前 314 年古奉节建县的历史发展脉络，塑造了三峡移民、奉节古城、鲍超、陆游、王十朋、刘禹锡、杜甫、李白、刘备托孤、八阵图及夔子国等 10 个千姿百态的大型浮雕，从不同角度生动形象地再现了各个时期的人文精神，蕴藏了经典传奇的历史故事，是一部较完整的奉节历史检索。梯道入口处的"凤凰山梯道"5 个刚劲有力的大字，由中国书法家协会副主席何应辉先生题写，凤凰山梯道赋由本土文化人李江先生撰写；此外，投资 500 万元的绿化工程，栽植有乔木 3500 多株、灌木 90000 余株，各种植物的合理搭配，使凤凰山梯道在不同季节都披红挂绿，生机盎然。

凤凰山梯道之所以能吸引广大市民，是因为它传承了中华民族佳节登高、思古述怀的文化习俗。不仅如此，它还为市民提供了一个健身场地、一处天然绿色氧吧。

我不是一个体育爱好者，也不刻意锻炼，但只要闲暇无事，凤凰山梯道我是一定要去攀登的。

每次，我攀登凤凰山梯道都有不同的感想；每次，我攀登凤凰山梯道都有不同的收获；每次，我攀登凤凰山梯道情感都有火花的撞击。第一次攀登，我只是惊叹工程的浩大，建成不易；第二次攀登，我在惊叹工程浩大的同时深感政府为人民办了一件好事、实事；再一次攀登，我被人类改造自然的伟力所征服，在这斜坡陡地，居然建成了如此浩大壮美的景观！

　　当第一次登上一期工程倒数第一个平台时，一座雄伟的大门屹立在眼前，门楣上赫然写着"凤凰山"三个朱红大字，两侧是一副对仗工整的楹联：树雄心岂可中途止跬步，登绝顶好看高峡恋平湖。这充分表现出创作者的寓意。是啊，有志者事竟成，无志者常立志。怕苦怕累，怎可登临绝顶！世上好多事，一咬牙就能挺过去，需要的是勇气和毅力。

　　站在平台的围墙边，极目远眺：长江南岸连绵起伏的群山绿浪滚滚，这时自己的心情也仿佛变成一片绿荫了。脚下高低错落的城市建筑、马路上川流不息的车辆，一切都尽收眼底，真有"会当凌绝顶，一览众山小"的诗情画意。曾经波涛汹涌的长江在三峡工程蓄水后也变得风平浪静了，犹如一条翡翠色的彩练平躺在大地上，让人浮想联翩。

夜游白帝城

季节刚进入春的门槛，我和几个外地朋友踏着夕阳登临白帝城。由于是下班时间，白帝庙内游人去绝，空山静寂，脚步犹如踩着了历史的地窖，有一种深重，也有一种旷远。的确，白帝城的含意，远非公孙述、刘备所能概括。一座孤山，既有民族文化的潜藏，也有中华文明的记载，它像一枚严肃的书签，夹在中华民族历史的长卷中。

李白那首诗在小学课本里就能读到：清晨，绚丽的朝霞烧红了天际，李白起了个大早，远行的小船刚刚解缆，就很快驶入江心激流。清风舞弄着他飘飘的衣带，诗人拈着稀疏的胡须，兀立船头，吟诵出那旷世绝唱。声音像纯银一般，在两岸飘荡回响，与猿声汇成合唱。正如余秋雨所说，李白这首诗漂亮，白帝城作为三峡的头也开得漂亮。

在白帝庙里，一位值班的朋友向我们介绍了战败的刘备退到白帝城，死前在永安宫把国事、家事托付给诸葛亮的历史。大概不同环境产生不同认知吧，尽管这段历史很陈旧，但因夕阳晚照，环境幽深的寺庙，更加显得昏暗和沧桑，也使我产生了从未有过的触动，仿佛刘备托孤时半卧病榻，发出的弱音如轻烟飘浮回旋在白帝城上空，继而跌落在湿漉漉的山崖间，悲切而苍凉。此刻，李白那纯银般的声音找不到了，一时也忘却了诗人的轻捷与潇洒。

可以说，白帝城本来就熔铸了两种声音、两番神貌：文明与野蛮，诗情与战火，豪迈与沉郁，对自然美的朝觐与对江山权力的争逐。这些都高高地矗立在峡空之上，它的脚下，是为这两个主题日夜争辩着的滔滔江水。可怜的白帝城多么劳累，清晨，刚送走李白们的轻舟；夜晚，还得迎接刘备们的马蹄。幸好文明最终战胜了野蛮，幸好还留存了一些诗句，留存了一些记忆。

离开白帝庙，已是掌灯时分。明月升起，疏影横斜，而我们的游兴正浓，谁都不忍离去。

春游白帝城，着实让我的灵魂受到了一次冲撞，那远山的"依哦、依呃"声，是来自神女的呼唤，还是船工的号子？于是，我沉睡的诗兴勃发，于是，在下山时，我缓缓的脚步踩出了诗行，也踩出了《春游白帝城》这篇短文。

长长的十八梯哦……

有着几千年文明史的重庆，不仅是一座历史悠久、人文荟萃的城市，同时也是一座充满了神话与传说、梦幻与现实的城市。

在重庆渝中半岛有两条步行街，一条为享誉中华大地的西部第一街——解放碑，另一条离解放碑不远，那就是重庆人都知道的十八梯。在解放碑，人们领略到的是现代都市的繁华；而在十八梯，领略到的却是真山城、老重庆的历史和文化。

重庆城分为上半城和下半城，十八梯位于渝中区较场口，是从上半城（山顶）通到下半城（山脚）的一条老街道。这条老街道全部由石阶铺成，陡陡的，弯弯的，把山顶的繁华商业区和山下江边的老城区连起来。十八梯在下半城，解放碑在上半城，它们之间仅仅只是相隔一条马路。一上一下之间的区别犹如一个在天上，一个在地下。

十八梯周围居住着现代城市的普通老百姓，街上散发着浓浓的市井气息。在这里，掏耳朵的、修脚的、做木工的、做裁缝的、卖烧饼的、卖针线的、打麻将的样样都有，但无一例外的是，经营的档次都是较低的。还有山城绝对少不了的棒棒军，散布在老街各处，更有狗啊猫啊，依偎在主人的脚下或随意趴在地上打着盹。可以说，十八梯是老重庆市民生活的真实写照。

前些年，我和儿子造访了十八梯。

那天，天上下着重庆冬季特有的蒙蒙细雨，阴湿而寒冷。但儿子和我兴致很高，儿子甚至被十八梯厚重的历史所吸引，生出"旧重庆的人生活一定很艰难"的感叹。特别是看到今天还有十八梯那样的老茶馆，从根本上颠覆了儿子对茶馆的认识。原来茶馆并不是今天都市里那种灯光柔和、音乐曼妙、半靠半躺的软椅外加豪华装修的格调。当亲眼目睹一些人或喝茶聊天，或打麻将、扑克，或坐在店铺前什么也不干，跷着二郎腿懒散地、心安理得地烤火取暖喝小酒，脚边还趴着打盹的小猫或者小狗，偶有孩子们跑上跑下追打玩耍的景象，儿子对我说，这里的人好闲适啊，一切仿佛被时光封尘和凝固，徜徉在这里仿佛就是走在很久很久的从前……

这样的时光穿越只有亲身徜徉在这重庆最后的老街——十八梯才能感受到。

十八梯老街全部是由青条石砌成的石阶或由青石板铺就的道路，传说有十八级。弯弯折折的十八段石梯，一路向上，每隔几步，就有一小块正好能让人歇气的小平台，山城爬坡上坎的独特风貌在这里得到了较为全面的诠释。石梯边，各个年代的居民老房子里，演绎着看不见、数不清的百姓故事。

虽然现在已经不能完整找到原来那十八级台阶的踪迹，但十八梯的名字却流传至今，让重庆人从中窥见重庆昔日的码头文化和码头经济的繁华。

从较场口顺石阶往下，两旁大多是两层或三层的旧式木头板房，黑色瓦屋顶或油毛毡屋顶高低错落有致，很多还是用吊脚撑起的。这些房屋的第一层基本上都是一间挨一间的小商铺，如火锅店、理发店、裁缝店、杂货店、皮匠铺、录像室、小饭馆、串串香摊、麻将馆……虽然已经拆迁了一部分，可从那断墙残垣中感受到昔日的辉煌和喧嚣——老重庆的市民生活是从这里开始的。

据说十八梯是明清时候力夫走卒们为了有个安身睡觉的窝而搭盖建成的，迄今已有数百年的历史。这么多年过去了，如今的它依然散发着是浓浓的市井气息，尽管它离市内最繁华的解放碑仅有一条马路之遥，但它却与大都市、与繁华几乎是绝缘的。这里保留着很多新中国成立前的旧建筑和窄街小巷，是绝对典型的重庆式老街，连同原汁原味的老重庆的底层生活，使十八梯成为重庆平民生活的一个缩影。在重庆拆迁中，十八梯也绝对是重庆老城区仅存的老市井之缩影。正所谓：没有到过十八梯，便不知道重庆人文历史的变迁；没有到过十八梯，便不知道重庆的坡坡坎坎有多曲折；没有到过十八梯，便不知道重庆老城与新城的区别在何处；没有到过十八梯，便不知道重庆的吊脚楼有如此的魅力。

也许，人们今天住着别墅、花园洋房、高楼大厦，可他们的祖辈说不定就是从十八梯这类老街走出来的，或者有些人干脆就是直接从这些老街搬出来的；也许，有些人出国了享受着西方的生活，但他们在百无聊赖之余，一定会怀念过去那小街小巷的吊脚楼，怀念那从上半城曲曲折折一直通往下半城的台阶，因为这些都已经成为抹不去的记忆，根深蒂固地印在脑海里了。

现在居住在这里的城市平民们面对都市的时尚和繁华，面对咫尺之遥的大都市景象——解放碑，还能保持一种平和的心态，过着一种与世无争的清贫生活么？

重庆的历史文化在这里根深蒂固地保留着，难怪有无数的游人来这里体验，难怪许多老外频频光顾这里。他们不光是好奇、怀旧，而是感受这里的历史文化，想从这里的一砖一瓦了解源远流长的华夏城市发展史。

十八梯——一个被大都市遗忘的角落，一个远离繁华的旧式老街，一个浓缩老重庆历史文化的片区。居住在老街的居民很淳朴，总是平心静气地看着我和儿子参观拍照，有时还不失时机地主动配合我们拍照，在寒冷的冬季，实实在在地让我们感受到了少有的温暖。其实，我不是重庆主城人，尽管今天我也是重庆人，甚至在重庆主城占有了那么几十平方米，但对于主城来说，曾经是那么陌生，那么遥不可及。今天来十八梯走走，只不过是对重庆老城历史文化的崇敬与好奇，在曾经的陌生面前显摆一次而已。

因为拆迁是城市发展的必经之路，谁也无法阻拦与抗拒，一些建筑因年久失修而垮塌，一些建筑因拆迁而荒废，老街因此平添了些许萧条。

不知从何年何月起，因周遭高楼渐起，四周也遮蔽去了一些阳光。十八梯还是那许多石阶，可那上城愈上，那下城愈下，彼此远去，似再无尽头。一叶凋落，转瞬即是青苔；一枝枯朽，过眼便将化萤。在外人眼中的十八梯，被习惯性地理解为城中村，城是高楼林立的中央商务区解放碑，村是吊脚丛生、户不蔽雨的十八梯棚户区。

其实不然，先有十八梯后有解放碑，先有村后有城，先有穷后有富，城市发展因江而生，倚山而上，如大树参天，纵然树冠枝繁叶茂，遮天蔽日也是因为坚实的躯干和发达的根系。由此，在这个被"代言"了落后居住条件的十八梯里，更能找到原本在快速的城市化进程中被丢弃或者被侵蚀的原质。

现在，有市民对于十八梯的改造心存疑虑：十八梯改造会破坏城市历史文化遗存，是对重庆老城历史的破坏和毁灭。我以为这种观点是片面的。一个城市要发展，必然就会在改造中创新，拆迁是每一个城市发展必须经过的阵痛，这可以说是世界城市发展的必由之路。我们不能说保留了十八梯就是保留了重庆的城市文脉，改造了十八梯就是毁灭了城市的文化和历史。十八梯只是重庆老城历史文化的一部分而绝不是全部。在保护中开发，在开发中保护才是十八梯的未来之路。

十八梯承载了老重庆太多的记忆。仅仅从下回水沟、轿铺巷、厚慈街、守备街、响水桥、凤凰台街这些街名，你就可细细品味出老重庆的味道。值得庆幸的是，十八梯改造后，市民关注的法国领事馆旧址将会保留。现存部分明清至新中国成立前时期的历史文化建筑等将统一考虑以历史风貌街区的形式进行保护与改造。而十八梯地下隧道出口，南区路、中兴路、解放西路、新华路也都会保留下来。

改造后的十八梯，将会在新与旧之间大放异彩。夏季，黄桷树依然是婆娑多姿，参差错落的老街将会重现，那些影影绰绰的树荫下的屋檐下的故事也将会在人们的记忆中延续……

大洞河写意

雨雾中的大佛岩

大佛岩在传说中成长，在阳光中风干，在雨雾中浸泡。带露的熏风扑鼻，雨雾的云衣低垂，被风驱赶，慢慢露出了一丝阳光，少顷露出了蓝天白云，也露出了远处的村舍。

铺天盖地的绿向游人袭来，容不得你不满心欣赏。那些不知是何名，开了谢谢了又开的各类山花，让流连忘返的游人多出了无限遐想：哪一朵花有主，哪一朵又该花落吾家？

山崖绝壁处，尽是多姿多彩的生命树。红豆杉、黄杨木本是名贵树种家族的成员，却成了极其普通的景观树。行道两旁，它们低首垂目，虔诚地迎接远方来的游人，接受啧啧称奇的赞美。

山即是佛，佛即是山。自然天成的佛啊，长年累月坚守山崖，向众生布施云雨，为苍生祈福。夕阳西下，霞光碧染，大佛岩与七彩丹霞交相辉映，形成"大佛夕照"的祥瑞之景。

麻啄岩的杜鹃花

雨中,游赵云山麻啄岩别有一番滋味。雨雾遮挡视线,正好省去了恐高者的畏惧。顺着一个方向成片倾倒的箭竹,簇拥着正在孕育下一个花期的杜鹃。花开有期,时不待人。该前行的时候,切不可踟蹰不前!正当我为不能目睹杜鹃花海而遗憾的时候,仿佛听到了箭竹拔节的声音,听到了杜鹃花开的声音。

漫山遍野的野荞花,在本不是花开的季节一个劲儿地绽放。细碎的小白花,一点点、一团团,犹如山姑身上的白花裙子,清纯而朴实。我终于释然了,杜鹃花什么时候开放无关紧要,重要的是这个漫长的孕育过程。孕育得越久,就开放得越茂盛,越惊心动魄。书到用时方恨少。这好比人的知识,积累得越多,使用的时候就越得心应手。这大概就是厚积薄发的道理。我敢打赌,明年五月,赵云山麻啄岩,一定是花的盛世、花的海洋。绿浪花海翻滚着的山崖,杜鹃花一定会放荡地开放。

神秘大洞河

神奇俊秀的大洞河河谷,是大洞河俊朗的骨干,是大洞河千年不死的灵魂。抬眼望去,山上植被郁郁葱葱,山下河水叮叮咚咚。绿树葱茏笼罩下的沟谷,峭壁千仞,鬼斧神工。河谷底部溪流潺潺,上游金波流动,下游绿水荡漾。凉风阵阵,令人心旷神怡。

在大洞河涉水,我懂得了什么叫历经艰险,什么叫摸着石头过河，什么叫人生坎坷。大洞河强健的肌肉，是与天地永存的山壑；大洞河丰富的血液，是经年流动的水。大洞河，你的体内究竟藏了多少秘密，让那么多游人走进你、亲近你？

一千年、一万年，大洞河依然迤逦。一年、两年，大洞河一定面貌惊异。

拒绝烟花

2017年春节，对妻子要燃放烟花爆竹，我却不以为然。

除夕那天下午，妻子兴致勃勃地对我说："我们也去买点烟花，零点放一放，热闹喜庆一下。"我说："还是算了吧，别无端增加雾霾浓度。"妻子一脸的不高兴。

晚上零点，春晚还在直播，我正在接听浙江一位诗人的祝福电话。先是附近小区率先放起了"冲天雷"烟花，紧接着，住在楼下的人家也在阳台上开始燃放烟花爆竹，而且那声音足以将所有的声音掩盖，电话根本无法接听，我只好无奈地向浙江的朋友说再见。这时妻子用讽刺的口吻对我说："你不放人家照放，你去制止啊！"我说："人家是人家我是我。但你知道不，别人花钱，我们不是照样喜庆了么？"儿子跟着调侃道："还是老爸会算账！妈，放鞭炮不就是听声音吗？你还嫌这声音不够大啊？"我心里喜滋滋的，儿子少有的一次和我结成了同盟！

正月初二去乡下父母坟上祭拜。妻子又说："这可是你的父母，一定要多买点烟花爆竹，造点声势，让远近的乡亲都知道你回来

148

祭拜父母了。"我又说，还是算了吧，我一介穷文人，没什么值得炫耀的。再说，上个坟没必要搞得左邻右舍鸡犬不宁，磕个头烧点纸就行了。妻子嘟囔着嘴，一路不高兴。

我的父亲去世六年了，母亲去世也快五年了。去世后埋在老家同一块地里，相隔不到两米的距离。这是我刻意给他们的安排，希望他们在生时不离不弃，死后也相依相伴。作为长子，我对他们的思念之情永远无法抹去。想到父母养育我们六兄妹之艰辛，再看看自己的三个子女也已长大成人……此时此刻，站在父母的墓前，我一气呵成了一首小诗：

伫立父母的墓前
我在记忆里复活他们的形象
所有的往事如春潮涌动
把一篇沉重的祭文镌刻在额头
叩地的声音深入内心

亲人，你在天的英灵
一直荫蔽我和我的子孙
一棵树将根须扎在沃土之下
一天一天拔节一天一天茁壮
没有什么比听到开花结果的音讯
更让你们兴奋

我把这首小诗发在微信朋友圈，很快点击量达到数百。其实，我并非在春节故意惹妻子不高兴，也不是吝啬那几个买烟花爆竹的钱，而是对燃放烟花爆竹的抵制。作为一个文化人，我常常关注时事新闻。新华社 1 月 26 日还播发了记者采访环保部监测司负责人的新闻。这位负责人说，监测数据显示，烟花爆竹对空气状况的影响十分明显，建议人们节日期间不燃放或少燃放烟花爆竹，坚持环保过节新理念，积极践行低碳、绿色生活方式，共同营造文明、安全、宜居的环境。这位负责人还通报了 2014 年至 2016 年春节期间 74 个城市空气重污染的情况。他说，这三年的除夕至正月十六，PM2.5 小时峰值浓度最高的前 10 个城市中，峰值大都在除夕夜间至正月初一凌晨、正月初五或正月十六夜间，主要是烟花爆竹燃放所致。

"爆竹声中一岁除"，过年燃放烟花爆竹作为一种传统风俗，有着辞旧迎新的美好寓意。然而随着时代的发展和社会的变迁，燃放烟花爆竹活动带来的空气污染、噪音污染及其他次生危害，让很多地方政府不得不采取各种限放、禁放举措，但政府的禁放、限放规定与民间风俗形成了冲撞，燃放烟花爆竹行为屡禁不止。但作为地球的子民，我们必须明白：人类只有一个地球，大家都生活在同一片蓝天之下。爱护环境是共同的责任和担当。春节少了烟花爆竹的轰鸣，人们的浮躁也会减少几分，静谧醇化之后的亲情，只会让年味更浓厚绵长。

2017 年春节已经过去，若干个春节还将如期来临。我将始终坚守不燃放烟花爆竹的信念，为与我们息息相关的空气好转出力，相信妻子会慢慢明白这个道理，为我的行为点赞。

光雾山情愫

我对光雾山的向往，至少可以追溯到 20 世纪 80 年代初。当时我还在川西林区工作，有南江的朋友屡屡邀我到光雾山看红叶。但那个年代，物质相对贫乏，旅游还是一个十分奢侈的词汇，人们对自然美的追逐往往受制于社会与家庭的经济状况，我自然也不会超然物外，所以到光雾山看红叶的愿望也就迟迟无法兑现。之后，又有朋友多次相邀，但终因琐事缠身，南江之行始终是一份向往、些许无奈。

万事万物，峰回路转，往往在一瞬间。这次南江之行，依然得益于南江的朋友，其心情的愉悦自不必说。由此，我更加坚信，南江人耿直，南江人重情重义。这又让我想起一件往事，在林区工作时，有个姓陈的南江朋友待我如宾如友，每月供应的一斤猪肉，我不去他总舍不得吃，即使他老婆到林区探亲，也得等我去了才肯煮肉吃。但我们会常常为一些不同的观点争得面红耳赤，却彼此从不计较。可惜命运多舛，这位朋友中年误入寻宝歧途，命丧异乡，这让我陷入长久的悲痛中。总之，南江于我有情，我与南江有缘。"情""缘"二字历来都是文人墨客笔下少不了的由头。

这不，迈入南江的土地，一方面我在努力追忆南江的那些老友，逝去的、健在的都一一在脑海里过滤；另一方面我像一个饿汉，用眼、用心贪婪地摄取南江的美景。南江，我来了！朋友们，我来了！

初入光雾山景区，我便有些思绪飘忽、目不暇接的感觉，仿佛一下子找不到北，还是那惟妙惟肖的"背二哥"雕塑群和那低回婉转的《背二歌》音乐把我拉回了现实。不是么？"背二哥"，大巴山山民不屈不挠性格的真实象征。他们背负重托，每前进一步，必"哼哧"一声；每走过一段险路，必汗流浃背。一年四季，粗茶淡饭，温饱不济，仍在前行。这是多么令人肃然起敬且又令人心酸的职业啊！当地一老者还给我讲了一位"背二哥"的故事。说的是很久很久以前，在光雾山脚下，有一位黄姓男子，家徒四壁，父亲在米仓道从事"背二哥"职业，因不小心坠落悬崖丧命。他从小和母亲相依为命，成年后不仅身材壮硕而且力大无比。为了生计，他子承父业，也当上了"背二哥"。但他特别能吃，每次出门背货，母亲总是一早起床给他准备几天的干粮，他嫌带着干粮麻烦，会在第一天就把几天的干粮吃完，剩下的几天不是饿着肚子，就是靠别人匀点给他勉强度日。一日饿极，他头脑发晕，就在他父亲坠崖的地方摔下了悬崖。有人说，是他父亲在那边孤独，把他召唤过去了。总之，他是再也没有回到母亲的身边。母亲终日以泪洗面，终是哭瞎了眼睛。

米仓道是最早的蜀道之一，被誉为"中国乃至世界交通史上的活化石""一条流淌的茶马文化长河"。据说是当时的工匠们，逢山开路、遇水搭桥，在绵延千里、横贯东西的米仓山上一锤一錾敲出来的。我在为先民们以超乎想象的智慧和勇力叹服时，也为调侃老侯将米仓道更名为"背二哥栈道"的无知汗颜羞愧。千百年来，奔流不息的韩溪河，把"萧何月下追韩信"的故事讲给后来人，让人梦回楚汉！如今，伴随着岁月的流逝，一切都已经平静下来，米仓道的青石板依然泛着岁月的光泽，以及繁华之后蹉跎岁月留下来的沧桑。

入夜，我躺在桃园大酒店舒适的床上，脑子里全是"背二哥""米仓道"这两个具象。闭目沉思，突然顿悟："背二哥"是大巴山人的祖先，同时也是一部大巴山人的艰难岁月史。米仓道更是一部民族的创业史。历史将实现中华民族伟大复兴的中国梦重任交给了我们，今天一样需要发扬"背二哥"精神，发扬"开辟奇功"精神，一步一"哼咳"地向前迈进。

在光雾山，有一种静叫如针坠地，有一种美叫巧夺天工。动静相宜，是一个景区吸引人的基本要素。没有静就不会产生美，同样，没有动就不会产生视觉的享受。如果要说光雾山的静，当数黑熊沟莫属了。它静得出奇，静得只听得见偶尔的鸟声；如果要说光雾山的动，那肯定是香炉山了。在这里，仿佛连山杜鹃开花的声音、凋谢时的一声叹息也听得清清楚楚。在香炉山，山是动感的，人是动态的，心是灵动的。一切仿佛都在动。这里地形复杂、峰峦叠嶂、洞穴幽深、山泉密布，是春赏山花、夏看山水、秋观红叶、冬咏雾凇的好去处。光雾山主峰海拔约2500米，且山高路险，不少人会因此望而却步，但对于我这个从小就与大山打交道的人来说，简直就是小菜一碟。其实，一个有勇气的人，是不怕山高路险，不怕礁多水急，不怕前路凶险的，只怕在攀登征服的路上丢失了自己的顽强和韧性，丢失了一路看风景的心趣。

有人总结出光雾山有三大看点：第一是红叶。它拥有"光雾天下灵，红叶第一山"的美誉。第二是杜鹃花。有诗赞曰："人间四月芳菲尽，光雾杜鹃始盛开。待到杜鹃啼血时，花海涌动催客来。"第三是云雾。光雾山云雾缭绕，不分春秋，不分阴晴，早晚升腾，日日不绝。这云雾不仅给光雾山增添了诗意，还使它变得仙气缭绕、神秘莫测，光雾山由此而得名。我坚信，绝大多数游客来光雾山，都是冲着这一静一动，冲着这三大看点而来的。

在光雾山，我把山的脊梁想象成我们民族脊梁的末梢，我愿意在这末梢吸取养分，充实自己的知识。来到光雾山，我已经不是诗人，我就是个凡夫俗子，就是人世间的匆匆过客，我想亲吻凋谢的杜鹃花，留下我的吻痕，为的是在下一个花期相遇；我想抚摸正在孕育中的红叶，留下手的余温，为的是下次再来寻觅到属于我的那一片；我想追逐那些活蹦乱跳的晓雾，留下我深深浅浅的足印，为的是找到作为一个过客的归期。"君问归期未有期，巴山夜雨涨秋池"，秋池在哪里？秋池在人们心中。这算是我和明凯争论的"秋池究竟是在山城北碚还是在大巴山南江"最好的解答。

在南江的最后一日，我参观了"光雾和谷"。当一只脚踏进"光雾和谷"展播大厅，我便感受到了空气里的丝丝甜味和勃勃向上的浓烈氛围。为了让来这里的人们享受到"问道山水，游览天地，观摩众生，读懂自己"的乐趣，四川开元集团要在两万亩森林公园、70公里林海步道中，投资数十亿元，最终打造出"光雾和谷国际森林康养小镇"，满足人们对自然生活的需求。按照老子"人法地，地法天，天法道，道法自然"的学说，这个"自然"，如果用养生来解释，则可以理解为按照自然规律调理身体。但是，随着当今工业化程度的不断加快，污染也成了影响人们健康的潜在威胁。从自然养生角度来说，我觉得开元集团正在做一件有益的探索。总之，再过 10 年、20 年、50 年、100 年，我们今天来光雾山的人可能都将陆续化为尘埃，但"光雾和谷"还在，光雾山还在，以及那些为丰富大光雾山景区内容，无私奉献的精神财富还依然挺立。

再走大洞河

　　人生需要走的地方、走的路很多，能够吸引你在一个乡级行政区内三年行走两次，这个地方一定有你必去的理由。

　　重庆市武隆区大洞河乡于我来说，就是这样的地方。

　　大洞河乡与我本是"鸥鸟忘机翻浃洽，交亲得路昧平生"的地方，但我却在2017年夏天和2020年初冬，先后两次来这里采风，感受大洞河的无限魅力和具有深厚底蕴的人文传承。这在我的人生履历中除了故乡再无第二。

　　其实，大洞河的山还是那样的青山，水还是那样的碧水，甚至人还是那些似曾相识的面孔。但随着了解的深入，我对大洞河乡的认知却发生了质的飞跃。

　　大洞河乡曾经叫共和乡、铁矿乡，2016年更为现名。这次与大洞河乡亲密接触后，我就有了在心里呼唤和追溯大洞河前世今生，探寻哺育世代大洞河儿女、汇聚大洞河劳动人民创造智慧的因由所在。

　　大洞河乡是旅游资源的富矿，也是人文历史与自然深度交融的最佳结合。其旅游资源可以用步步惊险、处处神奇来形容，且大多是养在深山人为识的宝贝。如果要诗意化地概括大洞河乡的景点，我以为完全可以说它是强悍与柔美、现实与传说的最佳组合。大洞河的峭壁与怪石、地洞与暗河、潺潺溪水与茂密植被，以及焦王洞内的石瀑、石幕、石笋、石花和卷曲石等，哪一样不是造物主的神力所赐？大佛岩的宏伟气势，山是一座佛、佛是一座山的视觉造型，哪一样不是我等芸芸众生解不开的谜？赵云山品种繁多的各色杜鹃花，热烈而奔放，谁知道哪一朵是为我而开，哪一朵又是为你而绽放？穆杨沟春、夏、秋、冬景色各异的千亩梯田，传颂着是非忠奸的故事，难道不会让我等心生感悟，努力去做一个维护社会正义的人么？静穆地站在鸡尾山垮塌遗址纪念碑前，面对 70 多位亡灵，我们在低头默哀的同时，似乎应该多一分对大自然的敬畏之心？

大洞河乡最吸引人的当数杜鹃花了，而这里的杜鹃花又要首推赵云山的杜鹃花最迷人。总之，赵云山的杜鹃花不是一般的杜鹃花。她有灵气，知冷暖，不论是天寒地冻，还是地涝天旱，她都会在该开花时准时绽放。面对爱护她的游客，她会笑；面对折枝糟蹋她的游人，她也会哭。初夏的五月，对于大洞河乡来说，是一年中最富有诗情画意的时节，大佛岩，特别是赵云山的杜鹃花就会绽放成一个花的海洋，整个山脉形成了流动的花海，煞是迷人。放眼望去，仿佛所有的杜鹃花都是为你而开。不是么？热烈奔放的象征你的事业，娇小玲珑的象征你的爱情，沉静内敛的象征你的友情。这些千姿百态的杜鹃花就是你丰富多彩、不同况味的人生。有幸来此观赏杜鹃花，成了另一种形式的阅读大千世界。如果你暗恋上某一位异性，千万别说出来，也许那一朵开在山崖背后的绣球杜鹃，正在偷偷地向你微笑、向你绽放。在赵云山，你可以率性、自由地徜徉在花海之中，远离都市的喧嚣，远离琐事的羁绊，远离尘世的烦恼；你亦可以登上1948米的山顶，站在高山之上，俯视山谷中盛开的杜鹃花，任想象驰骋于一望无际的花海。那种源于心灵深处的震撼，只有自己亲身经历一次才知道。的确，人生如花，红红火火为一生，香消玉殒也是一生。那么，我们有什么理由不让自己潇洒人间走一回呢？

杜鹃花期很长，但5月的赵云山，是一年中最美的季节，蔓延在几座山的高山杜鹃仿佛一夜之间就轰轰烈烈地全部绽放，像庆祝盛大节日一般，接天连地，热热闹闹，你自己仿佛成了花的仙子抑或花的君王。

大洞河乡的杜鹃品种繁多，目前已发现的就有阔柄杜鹃、美容杜鹃、灯笼杜鹃等。各色杜鹃又各具妩媚妖娆。有一年在穆杨寨新近发现的长蕊杜鹃更是十分神奇：花形呈漏斗状，共五瓣，间有黄色斑点，每朵有7至10个花蕊，繁花似雪，簇拥枝头。花瓣如菊，花蕊细长，故而得名。在寂寥空山中，长蕊杜鹃花色艳丽，幽香飘逸，风轻轻一拂，巧笑嫣然，似乎等你一声轻唤，万种柔情就倾树而下，迎你而来。

除了漫山遍野的杜鹃，武隆大洞河乡还有神奇俊秀的大洞河峡谷、气势恢宏的鸡尾山垮塌遗址、秀美怡然的穆杨沟田园风光、巍峨雄伟的大佛岩、苍翠延绵的大梁子原始森林等，真够你饱览的。

走进大洞河乡，仿佛每一寸土地都有故事，每一个故事都会产生联想。在这里，山水林泉峡交相辉映，自然与人文和谐相生。

在这里，每一座山都凸显着个性，每一条河都流动着魅力，每一棵树都充满了生机，每一栋石屋都记录着沧桑。能在这里走一遭，难道不是三生有幸、三生有缘么？

在大佛岩，有一片郁郁葱葱的林子，林子里栽种的红豆杉是世界公认的濒临灭绝的天然珍稀植物，是经过了第四纪冰川遗留下来的古老树种，在地球上已有250万年历史。这片林子的守护者李运书夫妇，已在此守护了28年。28年守护一片不会说话且生长缓慢的林子，该是何等的情怀，又怎能不让人心生敬佩呢？试想，28年养一个孩子，大概率已得了孙子，而李运书夫妇不知得到了什么。抑或仅仅为了大洞河土地上多一片绿。遗憾的是，这次未能与李运书夫妇见上一面，这给我再走大洞河留下了遗憾。

曾经，大洞河乡在武隆区境内就是穷山恶水、偏僻落后的代名词。那种端着金饭碗讨饭吃的窘境，让大洞河人有点儿羞于见人的尴尬。"穷则变，变则通。"乡党委、政府一班人充分认识到这一客观规律。不变，无以面对淳朴善良的父老乡亲，无以面对那些为保卫红色政权而牺牲的革命烈士，更是愧对"为人民服务"的宗旨。于是全乡上下铆足了劲，要打一场脱贫致富的翻身仗，以慰良心和责任。

2014年"扶贫攻坚战"打响后，由武隆区委党校牵头组成的扶贫集团，与区政协携手并肩，共同撑起了扶贫大洞河乡的蔚蓝天空，为大洞河乡整体脱贫创造了条件。近年来，大洞河乡全力推动文旅融合，将景点打造与乡村振兴有机结合，为建设大洞河这个最美乡村找到了突破口。

雨中游三峡第一村

早就听说县上以永乐镇白龙村为依托打造"三峡第一村",我当时就在心里为决策者们暗暗叫绝。白龙村地处三峡第一峡——瞿塘峡之首,与白帝城遥遥相望,可以仰望三峡之巅胜景,又可以俯瞰峡江之水东流。三峡第一村,名副其实!

4月10日,疫情缓解,县作协组织部分会员到三峡第一村采风。但天公不作美,雨淅淅沥沥地下个不停。好在大家心中有激情,好在激情里有一份期盼,再大的雨也就成了诗意的点缀。在三峡地区,有雨就有雾,雾总是和雨如影随形的。蒙蒙的雨雾中,瞿塘峡轮廓分明,大江对岸的白帝山仿佛有一丝犹抱琵琶半遮面的娇羞。江上偶然经过的船只,给了静静江面几分动感。由于三峡蓄水,长江三峡早已看不到汹涌的波涛了,这对于看惯了江上白帆、听惯了船工号子的我来说,或多或少有几分遗憾,但留存在记忆里的波涛始终在汹涌地向东流。此情此景,明朝三才子之首、著名文学家杨慎的《临江仙·滚滚长江东逝水》,应该最适合此时此地我的心境。我在心中反复默诵这首词的同时,仿佛感受到了那奔腾而去的不是滚滚长江之水，而是无情流逝的岁月，以及岁月流逝无声又无奈的叹息。但是，除了对岁月流逝的叹息以及对前路未知的茫然外，难道不应该激发我们在叹息中寻找生命永恒的价值么？

由此，我自然想到了一直陪伴我们采风的蜀江楚峡公司的老总张剑先生。在我的认知中，张剑除了是一名帅哥外，更是一位有魄力且年富力强的领导干部，而他敢于在知天命之年辞去公职，另辟人生蹊径，这不得不让我佩服。也许这就是他在寻找生命永恒的价值。想来也是，作为夔州儿女，只要心中有"夔"，不论做什么，从事什么职业，都是在为建设美丽新夔州出力，都是值得点赞的。

关于白龙村，我一直知之甚少，但周家坪这个地方对我来说却如雷贯耳。据史料记载，周家坪是夔柚的发源地。夔柚作为夔州的地方土特产品牌，它成了奉节人舌尖上的记忆。因为这个缘故，我牢牢记住了周家坪这个地名。因为周家坪而后我又知道了白龙村，这其实有点喧宾夺主的味道，也恰恰说明了我的孤陋寡闻。

百闻不如一见，白龙村除地处瞿塘峡之首外，自然环境十分优美，旅游资源得天独厚，极具开发价值。它居高临下，把瞿塘峡紧紧搂在怀中，深吸瞿塘之精华，不舍不弃。乡村振兴战略实施以来，白龙村生逢其时，三峡第一村AAAAA级景区建设被三峡集团纳入重点帮扶的扶贫项目，也是该集团定点扶贫明确推进的十件大事之一，旨在推动奉节旅游产业实现提档升级，引领全县群众摆脱贫困、实现小康。在县的统一规划下，乡村振兴和旅游开发完美结合，巧妙利用地理位置的唯一性和独特性，围绕"三峡原乡"乡村旅游品牌,以诗词文化为根、农耕文化为源、三峡原始风貌为着力点,彰显"原山原水老家原滋味,乡里乡情邻里乡情浓"的地域特色,打造出钟灵毓秀的众多"瞿塘"创意文化旅游品牌,诸如"瞿塘乡厨""瞿塘漫屋""瞿塘两岸巴乡情",以及"行走三峡"8公里步行栈道等集旅游休闲、民宿餐饮、田园观光为一体的5A级景区。

雨依然无休无止地下着,仿佛要将暮春时节拉回到春寒料峭的早春,江风一吹,倒有了丝丝凉意,但我相信,每个人的心都是热的。走过尚未完全建成的步道,回首峡江,烟云时聚时散,犹如仙境。但遥看无法预知的远方,虽已有了一片亮色,但毕竟遥远,更不属于我。人啊,每每遇上阴雨绵绵的天气,心情就会糟糕,也会莫名其妙地生出些许悲凉……烟雨蒙蒙,让我们的视线缩短了,我等待"空山新雨后,随意春芳歇"的美景太久、太累了,相比之下,脚下这片土地才是最亲近、最实在的乡土乡情了,虽然它还不厚实,甚至还有些贫穷,但我仍然深爱着,不离不弃。

四 观 点

一个诗人与一首诗的分量

1

我对何其芳的崇拜，是从阅读《我为少男少女们歌唱》开始的。因为何其芳是三峡地区走出去的诗人，他的诗又是那么感人，这对于一个写诗的人来说，他头上自然就有了"星"的光环，我也一直对他处于追捧之中。

多年前春季的一天晚上，我带着几个写新诗的人，从奉节港乘江渝 123 轮于第二天清晨到达万州港后，立即租车朝凉风镇（现已合并到甘宁镇）何其芳故居赶去。没想到，由于道路原因，汽车不能直接开到何其芳故居，大家又不得不下车。一群意气风发的缪斯信徒，踏着晓雾，淌过泥泞，中途还几次迷路，但大家背诵着《我为少男少女们歌唱》，克服疲惫和困乏，朝着心中的圣地进发！其实，我知道，并非是大家不知疲倦，而是无怨无悔的求索心境在鼓舞着大家。经过向多人打听，我们终于到达了何其芳故居。那是一堵从竹林里露出来略有江南水乡风情的用石灰粉刷的围墙。沿着这道墙行走几十米，就是一个开阔的石板地坝。地坝周围住着几户人家，地坝边沿立着"万州区文物保护单位 何其芳故居"的碑，落款时间是 1999 年 6 月 22 日。我们这才确认到了何其芳故居。

在何其芳故居，据说是何其芳堂弟的何懋富老人向我们讲述了有关何其芳的一些往事，也讲述了何其芳故居在复建过程中一些不尽如人意的事。当时，何其芳故居可以缅怀的东西就是那堵断墙，以及散落在民间那些斑驳、破碎的记忆。

第一次拜谒何其芳故居，可以用"失望"二字来概括我们的心情。最后，一行人在"何其芳故居"碑前朗诵了《我为少男少女们歌唱》这首诗后，扫兴地返程了。后来，我再没有到过何其芳故居，但我一直在打听，结果总是不尽如人意，也不知现在故居复建完成没有。同时，我也一直不明白：作为从万州走出去的文化名人，其故居的恢复，何以如此之艰难？

2

因为何其芳，我们歌唱早晨，歌唱希望，歌唱正在生长的力量，歌唱那些属于未来的事物，歌唱怀揣梦想的少男少女。

《我为少男少女们歌唱》是何其芳创作的一首广为流传的抒情诗，写于 1941 年，1942 年发表在《解放日报》，后收录在 1983 年《何其芳文集》第一卷上。在这首诗中，作者通过"为少男少女们歌唱"，表达了自己渴望年轻的心情，以及对新生力量由衷的赞美。

这首诗以明快的思想鼓舞人，以炽烈的感情感动人，以优美的语言吸引人，保持了诗人前期诗作中的丰富想象和生动描写的特色，同时又有新的突破和发展。诗是写给少男少女的，但真正的主体是"我"。通过阅读，我们听到了诗人发自内心的深情歌唱。

何其芳早在 20 世纪 20 年代初，就以绮丽、精致又略带感伤的诗风闻名于世。1938 年他从四川去延安后，生活在一个新天地之中，看到了中国共产党所领导的人民解放斗争的光明前途，从而完成了从个人主义向集体主义的巨大转变，摆脱了过去在黑暗中探索的那种深沉的忧伤。他欢呼，他要为新生事物歌唱，更要为年轻的战士歌唱。他要歌唱希望和理想，歌唱民族解放的曙光，"歌唱那些属于未来的事物，歌唱正在生长的力量"。这首诗以优美的语言、炽热的感情，为延安的"少男少女们"唱出了一首热情奔放的青春之歌，表达出了自己融入新生活后无比喜悦的心情。

诗歌通过为少男少女们歌唱，激励广大的青少年积极投身到火热的生活中去，为祖国的未来、民族的希望奋发努力。这就是诗人为什么情不自禁地要歌唱，要为少男少女们祝福的动因。

3

《我为少男少女们歌唱》全诗四节，结构严谨。第一节写了歌唱的是什么。不难看出，"早晨""希望"等等，并非具体的形象，而是一些观念性的词语。这个平淡的开篇预示着在第二节必须有妙笔加以转换。果然，在第二节中，出现"飞到年轻人的心中／去找你停留的地方"这样的佳句，使第一节中的所有观念，似乎都获得了意象，诗的意境也由此逐渐形成。第三节着眼于"飞"，使第二节更具有实感，诗人写出两个漂亮的意象："不管它像一阵微风／或者一片阳光"。从这一节可以看出诗人是运用意象的高手，使得第一、二两节诗意腾空而起，化为微风，化为阳光，显得活泼而空灵。最后一节情绪一转，又用了一个绝妙的意象："轻轻地从我琴弦上／失掉了成年的忧伤"（也是诗人曾经的忧伤），使之与全诗起句的"歌唱"相呼应，并紧接着出现最后三行，构成了浑然一体的意境。

这首诗在语言风格上完全改变了诗人早期的诗风，直抒胸臆，明朗质朴，抒情性强，成功地运用了排比、比拟等修辞方法，形象生动，音韵和谐，富有感染力，确实不愧为一首以明快的思想鼓舞人、以炽烈的感情感动人的传世佳作。

何其芳，多么的芬芳，芬芳的灵魂在时光流逝中不会被人忘记。何永芳（何其芳原名），永久的芬芳，同样芬芳的诗句一定会永久地被人记起，绝不会在世俗生活的碾压下零落成泥！

在努力实现中华民族伟大复兴中国梦的今天，我们重读这首诗，仍有不可低估的宣传鼓动作用。这就是一个诗人与一首诗的分量。

王十朋在夔州

　　2012年10月28日，是南宋大贤、著名诗人王十朋诞辰900周年。为纪念这位南宋朝廷的名臣、百姓称颂的名官、诗坛公认的名诗人，王十朋家乡——浙江省乐清市将举办多种形式的纪念活动。为了进一步收集有关王十朋的历史资料，使这位历史人物形象更加丰满，乐清市还组织专人深入王十朋曾经生活和为官的地方走访座谈，其重视程度可想而知。

　　作为古夔州（治所在今重庆市奉节县）一任地方官员，王十朋虽然在夔州为官时间不长（1165—1167年），但在夔州人民心中却留下了不少千古传诵的佳话。就在瞿塘峡口的奉节县城东边，有一条清澈的河流，碧波荡漾，昼夜奔流不息，然后汇入浩瀚的长江。当地人称这条河流叫"梅溪河"。之所以叫"梅溪河"，那是百姓为了纪念王十朋特意将"西瀼水"更名来的。

　　王十朋在夔州做官时间不长，但他勤政爱民、兴利除弊，深受夔州百姓爱戴。他在夔州期间创作诗歌315首，据说是唐宋时期除杜甫外创作三峡诗歌数量最多的一位诗人，而且他的诗充满了"民

本"思想。作为封建朝廷的命官、一个士大夫，能做到这一点，更
是难能可贵。

王十朋与夔州似乎有一段注定的缘分，当他还在饶州时，与人
一起饮酒作诗，就以"夔"字为韵，后来果然就有改任夔州的差遣；
在来夔州之前，他夜间做梦，也梦见自己到了夔州，前往观看八
阵图。王十朋认为，这是他与夔州之间缘分的征兆。为此，他还
写了一首《梦观八阵图》，诗中写道：

> 易任夔子国，身犹在重湖。
>
> 梦魂辄先往，临江观阵图。
>
> 奇才盖三国，壮志吞两都。
>
> 惜哉功不遂，英雄为歉歔。
>
> 胡为恍惚间，微茫见规模。
>
> 清时耻谈兵，武侯其戏予。

这首诗的意思是说：我从饶州改任夔州——这是古代夔子国所
在的地方（夔子国是春秋时楚国的同姓国，后为楚国所灭），我的
身体依然在鄱阳湖，梦魂就先行前往，在江边观看八阵图。诸葛亮
的奇才盖过三国，他的壮志在并吞曹魏和东吴。令人惋惜的是功业
不曾实现，英雄为之流泪感慨。为何恍惚之间，隐隐约约地看见了
八阵图的巨大规模？清平的时候耻于谈兵，诸葛武侯是在戏弄我吧。

这首诗描写诗人梦中观八阵图的情景。诗的最后两句"清时耻
谈兵，武侯其戏予"是一种自嘲与反讽。王十朋所处的南宋，国土
沦丧，山河破碎，岌岌可危，何曾是什么"耻谈兵"的"清时"？"武

侯其戏予"是说诸葛武侯明知我不能统兵收复失地，却将神秘的八阵图显现给我看，这岂不是在戏弄我？言语之间充满了无可奈何的神情。王十朋对赴夔州任职，是很重视的，正如其在《夔州到任谢表》中说到的"鱼复素称岩邑，在坤维实为要卫。苟非文武之长才，曷副蕃宣之重寄"。尽管夔州偏远，又是刀耕火种之地，且其诗中所说"西来水陆备艰辛"，但"只为君恩不为身"，体现了王十朋忠君爱民的思想。

王十朋勤政爱民，在夔州实施一系列的惠民新政，受到了夔州百姓的爱戴。这些新政包括"买山种树""引水惠民""修葺城墙""瀼水种柳""重筑社坛""新修移建武侯祠""再奏马纲"等等，尤以"引水惠民"和"再奏马纲"更是给百姓带来实惠，至今在民间广为传颂。

以"引水惠民"为例。由于夔州土地贫瘠，土不养水，且夏季几乎年年干旱，虽地处长江边缘，但若要饮用长江水，必须到江边挑。从江边进城坡陡路险，挑水十分困难。如遇冬季，长江水退枯后，挑一次水来回要走几公里路，那就更困难了。所以夔州人饮用水只能将山后的天然水用竹筒引到城里，然后储水进池按人口多少供应百姓，因此夔州百姓饮用水就成了他们心中的痛。在王十朋任前的历届知府，看准了这是敛财的机会，他们派人把握水源，将水卖给百姓，敲诈百姓，从而大发水财。百姓却为了水日日夜夜发愁，特别是那些没钱买水又没劳动力到长江挑水的穷苦百姓，更是为水愁白了头，有的还卖儿卖女，倾家荡产。王十朋到夔州任职后，了解到这一社会现实，即着手兴修"义泉"，不收百姓一分钱，以解百姓饮水之忧。

王十朋在《给水》一诗中写道：

接筒引水下山䐈，
端为夔民解百忧。
长使义泉名不断，
莫教人费一钱求。

此诗是说，连接竹筒引水下山脚，实实在在为夔民解除百忧。要使"义泉"之名不断绝，那就莫要教人费一文钱来求水。王十朋以人为本，兴修"义泉"的举措，正是以人为本这一理念的生动体现。

再以"再奏马纲"为例。所谓"马纲"，是指编纲运输马匹的制度。我们知道，南宋当时最大的敌人是金，金人属北方少数民族，善骑。马匹在南宋朝廷具有举足轻重的作用，无论交通运输、军事征战、农业生产，都离不开它。南宋偏安江南，与马匹的主要产地西北地区很远，因此运送马匹的马纲关乎国计民生和国家安危。"纲"是计量单位，南宋每百匹或每五十匹马，编为一纲。南宋初年，西北马纲走陆路。乾道元年（1165年），吴璘、杨政等大将以陆路驿道山川险恶为由，提出改走水路。如在宕昌寨（今甘肃宕昌）所买的"西马"，先走陆路，到利州（今四川广元）上船，顺流而下，到荆南（今湖北荆州），再走陆路运输到需要马匹的地方。在成都府路所买的"川马"，从合州（今重庆合川）上船，顺流而下到荆南。走水陆需要大量的船和船工，于是朝廷责成夔州、归州（今湖北秭归）等地打造马纲船，并招募梢工、水手，供给草料。马纲走水路的动议，遭到四川制使汪应辰、夔州知府王十朋等人坚决反对。王十朋上奏朝廷，恳请废止水路。

在《夔州论马纲状》中，王十朋说："臣自入境以来，窃见夔峡之间土狭民贫，面皆菜色，衣不蔽体，非江浙荆湖诸路之比。为监司守令者，傥能皆劳心抚字，无一毫之扰，犹恐不能活之。况今马纲之害极重，财力必当大困。臣滥居牧民之任，不敢不以实闻。……马纲之费侔（móu）于所入之赋……财非天降地出，又必取之于民。而夔之民贫如此，财何自而出耶？"

王十朋在上文所述的内容的意思是：臣下我自从进入夔州地境以来，私下看见瞿塘峡之间土地狭窄，人民贫穷，面带菜色，衣不蔽体，不能与江浙荆湖各路相比。作为负有监察之责的地方长官，如果能费尽心思安抚体恤百姓，丝毫不去打扰，还深恐不能养活他们。何况现今这马纲的害处极为严重，财力必定大为困难。臣下我担当管理民众的任务，不敢不将真情如实报告。马纲的费用相当官府所收的全部赋税……钱财不能从天上掉下来、地里长出来，而夔州的老百姓贫穷到这种地步，钱财又从何而出？但是，孝宗还是批准了马纲改行水路。王十朋再次上奏，力陈水路的弊端，但已无力挽回。然而马纲水路施行不到两年，就不得不停止。"书为爱民成再奏，泪因忧国有双痕。"王十朋《行可再和用其韵以酬》一诗中的这两句诗，意思是说，为了爱民我两次上奏，忧虑国运我泪流双痕。这道出了他不顾个人安危，一心为民的高尚品质，同时也说明王十朋深谙"民为重，社稷次之，君为轻"的治国理念。的确，马纲之弊，使本来贫穷的夔州雪上加霜，不少夔州百姓为此倾家荡产，有的甚至为运送马纲失去生命。

为官一届，能做成一两件大事也就不错了。王十朋在夔州不过短短两载，却为当地百姓做了不少好事，实在是难能可贵。从以上诗文中，我们窥见了王十朋一颗为民谋福利的赤诚之心。但是，王十朋作为南宋朝廷的命官，他的"民本"思想始终是服从和服务于"忠君"思想的，他的爱民是为了"固国"，百姓感念他实际上就是感恩朝廷。说白了，是为了王朝政权的千秋万代。这一点，我们不能也不可以苛求于他。

乾道三年（1167 年）七月，王十朋离开夔州东下。夔州百姓为感念王十朋的治夔功德和爱民如子的为官原则，专门为他立了生祠，以作为纪念。所谓"生祠"是人还活着的时候就为他建立的祠庙，可见夔州人对王十朋爱戴与敬重之情有多深。王十朋对夔州的情感不仅铭刻于心，而且还以"夔"字为其孙子命名。"夔"是古夔州的专用字，很生僻，很难写，可见王十朋是将对夔州的爱深深地留在了心中，而且要将这份深情传诸后嗣。离开夔州时，百姓自发相送十里不还，王十朋被感动得涕泪涟涟，以袖掩面，催马前行，走出老远还登山回望，恋恋不舍，并写下了《登古峰岭望夔州》一诗。在诗的最后，王十朋说："知此邦人，亦念使君不？使君无可念，空有诗篇留。""使君"为州郡长官尊称，这里是王十朋自称。

古峰岭在远离夔州的巫山、奉节交界处，走了那么远，王十朋还在回望夔州，可见他对夔州的感情甚深。

可以告慰使君王十朋的是，夔州人至今仍典藏着对王十朋的这份历史情感。而王十朋留下的也不仅仅是诗篇，那是比诗篇更为珍贵的东西——体恤民情、兴利除弊的"民本"思想。不是么？一条以王十朋命名的"梅溪河"，日夜奔流不息，一直在诉说着王十朋在夔州的逸闻趣事……

渐行渐远的山城棒棒军

一

电视剧《山城棒棒军》火遍了大江南北，梅老坎、毛子、蛮牛、孟小渝、巴到烫这些鲜活的人物形象几乎家喻户晓。一时间，棒棒鸡、棒棒面、棒棒饭等等与棒棒军有关的东西风靡一时，"棒棒儿"成了山城的一种特殊文化现象。

《山城棒棒军》播放的那些年，全国观众通过该电视剧感受到了重庆，有繁华，有逼仄，有杳远，有辛酸，有理想，有奋斗；也认识了电视剧里的那些人，亲切的，淳朴的，带着小聪明的，有些憨厚的。对于这些底层的小人物，带给观众的是温情和欢笑。当然，重庆本地人对电视剧里的那些故事，似乎熟稔得不能再熟稔了。当时曾有人担心，《山城棒棒军》的播放，会不会使外地观众产生误解：梅老坎就是重庆人的代表？其实，这种担忧是没有道理的，艺术毕竟是艺术，它是源于生活又高于生活的精神产品。

毛子这个人物形象是《山城棒棒军》里最讨人喜欢的，或者说他带给观众的，是没有忧伤的欢乐。虽然他浑身的小毛病，喜欢装城里人，爱占小便宜、吹牛，会耍些大家都能看穿的小把戏，但是无损于观众对他的喜欢。他善良，把喜怒哀乐放在脸上，谁都能一眼看穿他的心思。他最大的问题，或者说他最迫切、最持久的愿望，是娶个媳妇。恋爱结婚是很多男青年的愿望，但是当毛子心里藏着这个想法的时候就让人觉得那么不着调。毛子没有钱财，没有才貌，连口才也是欠缺的，于是他的愿望注定只能是愿望。他喜欢过王家英，或者说喜欢过一切年轻的女孩儿，后来甚至愿意和梅老坎村里那个拖儿带女已满 38 岁的寡妇相好，但终究只是他愿意，他最后只能面对的依然是工棚墙壁上那几张貌美如花却无言无语的画像。毛子阻止蛮牛回乡找于芳时的笨拙、吹嘘自己蜕变为城里人时的得意、偷肉被老鼠夹子夹住手时的滑稽、不合时宜的衣着，他带给我们的笑声是那么的灿烂，灿烂得像初夏的云朵。也许观众大都在心里祝福毛子能遂心愿，娶上一个媳妇，不需要美貌，不需要妙龄，只想她能真正疼爱这个 32 岁的男人，让他有个家，有个奔头。

也许毛子就是山城棒棒军里大多数没有娶到老婆的男人的缩影。滑稽也罢，可笑也罢，可爱也罢，但他就是一个活生生的山城"棒棒儿"形象。

对"棒棒军"称谓的来历，有人曾做过考证——20 世纪 80 年代末 90 年代初，随着改革开放步伐的加快，农村劳动力过剩矛盾显现，农民进城务工热迅速兴起。在重庆，无论你走到哪儿，你的视线里永远有这么一群人——筋骨强健，撸袖挽裤，手持一根三尺棒棒儿，棒上挂一束麻绳。他们的目光充满期待，期待和人对视，以及对视之后的回应。无论你有什么重物——大至钢材、家具，小至行李、挎包，只需当街吆喝一声："棒棒儿——"立即就会围上来一群人，争先恐后要帮你拿、帮你抬、帮你背、帮你扛，不管是上高坡、下陡坎，指哪儿到哪儿。因为这些人从事的劳动简单，又清一色的挎一根棒棒儿，因此，重庆人就管他们叫"棒棒儿"。"棒棒儿"成群结队地揪在一起，就叫"棒棒军"了。

称他们为"军"，一点不夸张。在重庆，凭一身筋骨、一根竹棍、一束麻绳吃饭的"棒棒儿"，1995年至少有10万人。到2000年，山城"棒棒儿"至少有20万之众。

据说，"棒棒儿"们的前辈——穿街走巷的弹棉花人，将又老又旧又板的棉絮拆开，弹得又松又软，再编织成新的棉絮——这种几百年流传下来的节俭妙方过去为城里人省下了铜板，但随着城里人钱包的鼓胀，这种活儿不灵了，越来越多的城里人愿意舍旧买新而不再想翻新补旧。弹棉絮这行当，在重庆城里挣不到钱了，用一根棒棒儿卖力气却有了大市场。重庆由于独特的山地环境，很多地方车子去不了，尤其是短距离搬运，上坡下坎、穿街走巷几乎全靠人力。早些年经济不活跃，"棒棒儿"市场没有规模。后来做生意的多了，物也流动，人也流动，需要"棒棒儿"干的搬运活一下子遍及山城的每一个角落，为大量涌进城市的农村劳动力新开了一方天地。"棒棒儿"成了"军"，成为山城重庆的一大景观。

当然，林子大了，什么鸟都有。也有极少数"棒棒儿"不怎么地道，他们中出现了把顾客行李挑起跑了的，也有漫天要价的，还有偷顾客钱物的。更有外地来重庆的客人向"棒棒儿"打听地方的，"棒棒儿"则伸手要钱，如若不肯给钱，就朝相反的方向指路，惹得有人骂他们是一群农村来的流氓。

那些正直凭劳力吃饭的"棒棒儿"听了，总是反驳说："谁说我们是流氓？我们干的是物流！"

"棒棒儿"们一般都是一个地方出来的人相约在一起，租赁在离火车站和码头近的窝棚居住，月租每人 30~40 元不等。"棒棒儿"们每天早上 6 点钟左右出门寻活，晚上 10 点以后回来睡上一觉，第二天再继续。晚上，他们一起在窝棚里喝"冷靠杯"（没有下酒菜）。至于吃饭，要看"业务"做得多少。"业务"多，就在路边吃盒饭；"业务"少，就只好自己回来煮饭吃。节约点，每天 5 元钱就能吃饱肚子。如果要吃肉，得多花钱。一天下来，运气好，可以挣得多；运气不好，就得吃本钱。

在窝棚、路边、车站、码头，"棒棒儿"们一扎堆，他们有的会说："你哪个想起来干'棒棒儿'，很苦，也没出息，别人还瞧不起。"这时有的会说："莫办法，做生意，没得本钱；做其他的，又莫得技术，有的就是蛮力气。我们那儿穷，祖祖辈辈种田，也没种出个富裕来。现今政策活点儿了，可以进城找钱了，但是除了干棒棒儿卖力气，我们还能干啥啰？"也有人说："比起去广东打工，我们还占一点儿起首，就是自由——不舒服了就歇，实在不想干了，就回家。反正离家莫得好远，不像那些去广东的，出去一趟回来一趟，都很艰难。"

"棒棒儿"们挑着担子是不会看热闹的，哪怕街上再稀奇的东西也顾不上望一眼。"棒棒儿"们如果扎堆看热闹，那实在是闲得无聊的时候才会有的。他们不会乱花一分钱，连花钱买根比竹

棍好挑货的扁担，都觉得是浪费。他们一般都是在老乡聚集多的
地盘找活，因为这样心里踏实。

山城棒棒军里，大多数来自重庆四周的郊县农村，也有相当一
部分人来自川东北偏远山区的县份，比如宣汉、渠县、广安。绝
大多数"棒棒儿"并非一年到头都在城里干，农忙时节，他们都
要回家种田。在城里当"棒棒儿"，干最重的活过最节俭的日子，
为的就是回家的时候兜里能揣上攒下的几百元钱。

二

十多年过去了，尽管《山城棒棒军》第二部也与观众见面了，
但"棒棒儿"这个特殊群体却渐行渐远，好像正在从人们的视线
里逐渐消失。现在，除了车站、码头、朝天门批发市场偶见少量
的"棒棒儿"外，其他地方已很少见到"棒棒儿"的身影。从万
州来重庆主城购房居住的张先生说，现在想喊个"棒棒儿"真难，
有时找几条街也找不到"棒棒儿"的踪影。

"棒棒儿"哪里去了？难道是这个行当就真的要消失了么？

人们没有忘记，曾几何时在重庆的大街小巷，到处都可以看到
一些民工，他们手里拿着一根竹棒，两条绳子系在腰上或绑在竹
棒的一端，寻找着搬运活儿干。山城的人们根据他们的行头，把
他们叫作"棒棒儿"。解放碑是重庆最繁华的地区，朝天门码头
又是重庆最重要的货物集散地，因此从解放碑到朝天门码头地段
是重庆货流量最大的地区，也成为棒棒军最活跃的地区。"棒棒
儿"们靠着一根竹棒、两条绳索赚取儿女的学费，赚取孩子过年

的新衣服，赚取新房的一块砖、一片瓦，赚取相中对象的彩礼钱。一句话，赚取他们的生活。他们等候在商场门口或车站旁边等，挑着超过自己体重的货物，穿过车流，爬坡上坎，为自己的生计流着汗，为家人的希望拼着命，同时也向世人远播着山城棒棒军的威名。

六尺青竹，一丈长绳，便是全部的家当。简洁，正如他们的心一样明朗。健美的体魄担起的是整个山城，何曾卑微？忘却浅陋之人鄙夷的目光，因为生活，还有什么理由比这更有说服力，还有什么追求比这更朴素？在他们的眼里，劳动挣钱是一片纯洁，没有为了名利的明争暗斗，没有为了权力的尔虞我诈。因为生活，就是一个最朴实的愿景。

人们没有忘记，曾几何时，刚在朝天门码头下了船，马上就有一群人拿着棒棍、绳索一拥而上，团团围住争抢着为你搬运行李，让你不知所措。

其实，你大可不必害怕，山城的"棒棒儿"很地道，只要一方把行李抓到手后，其他"棒棒儿"就会散去，绝不会争吵打斗，或者损坏你的行李。只要谈妥行李物品的轻重、路途的远近，"棒棒儿"就会一肩挑起重担，静静跟着客人走在山高路不平的路上，送货到家门、宾馆或谈妥的地点。

不知何时开始，"棒棒儿"有了"地下组织"（未经工商管理部门注册），分地段、分街区自行组织起"棒棒儿"队伍，选出负责人统一寻找业务、统一谈价、统一收款、统一分配。2002年冬天，我从奉节为主城的朋友带了十几箱奉节脐橙在朝天门码头下船，就曾碰上一位"组头"。这位老兄西装笔挺，手机、传呼机一应俱全，就是没有棍子和绳子。问明我要挑到哪里后，他立刻安排手下一位"棒棒儿"上前服务，完全一副组织者的架势。我有些迟疑，他看出了我的担心，说："你放心，我们现在是有组织地提供服务，损坏了货物，照价赔偿！"付钱时我问挑货的"棒棒儿"："组头"该提成多少？他告诉我，按10%抽管理费。我算了一下，我那十几箱脐橙挑到码头，付了50元搬运费，"组头"实际提取5元，这还是比较合理的。

曾几何时，我们随处可见，"棒棒儿"们黝黑的皮肤上渗出的汗珠，在阳光下显得更加晶莹，浑厚的号子喊出爬坡上坎的气势，一步，一步，踏着青石砌成的石阶，随着节奏，一点，一点，向更高处前进。

每当这时，就会不由得想到泰山的挑山夫，一样的坚韧，一样的坚定。只是在这里，还有更动人的气魄。重庆，是山城，一道道坎，一个个坡，是其最独特的景色。江风裹挟着"棒棒儿"们的号子和他们的汗水，将山城吹遍。于是，重庆人耿直，重庆人豪爽，就成了外来人对重庆人的赞美。

浑厚的号子，在嘈杂的喧闹声中显得十分的微弱，倒是"棒棒儿"们的生活因朴实而更具魅力。山城棒棒军是重庆的一道景致，更是重庆人在心尖上留下的一道沉重的伤痕。唯有道道痕记才将历史显得那样厚重、那么深远。当无华的江风邂逅雄浑的钟声便奏响了又一个历史般的进行曲，当简约的格调偶遇苍翠的森林便开启了又一种迷人的山城风情。"棒棒儿"们坚定的脚步，在往复的车轮中显得越来越无力。我们只能用最能表达的重庆方言喊一声："棒棒儿——"但却终究留不住"棒棒儿"们的身影！

三

现在的重庆，随着经济的发展，城市化进程的加快，城市里对"棒棒儿"的需求量减少了，这是"棒棒儿"远去的原因之一；城市道路条件的改善，交通工具的普及，"棒棒儿"的生存空间自然萎缩，这是"棒棒儿"远去的原因之二；惠农政策的落实、农业税的减免、农民生存压力的减轻，不少农民不需要进城当"棒棒儿"了，这是"棒棒儿"远去的原因之三；农村就业途径的拓展，不少农民更愿意就近务工，这是"棒棒儿"远去的原因之四；专业的搬运公司周到的服务和统一的服装，单打独斗的"棒棒儿"是不可能企及的，因此，挤压了"棒棒儿"们的营生，这是"棒棒儿"们远去的原因之五。

但是，仍有那么一群人还在坚持，也许他们的子女早已拥有一份足以让他们颐养天年的薪酬，他们却无法放弃，因为习惯的执着。即使谈不上热爱，毕竟心里面有一种感觉，自己不能够表达，只是不能够放弃。

现在很难再听到那爬坡上坎时从胸腔里哼出的浑厚的号子，很难再见到那挑起担子迈出的坚定沉稳的步伐。青石长阶已沉没水底，曲折街道已被宽敞的大道代替。"棒棒儿"们的身影，安静得让人心寒，洒下的汗水，已被江水冲淡，只有脚印，还深深地留在记忆中的大街小巷。

也许，随着时代的进步，"棒棒儿"们的身影终将会永远消逝，但是人们不会忘记，20万山城棒棒军为这个城市的发展所做出的贡献。他们不仅挑走了自己汗水浸泡的年华，也挑起了一个城市发展的记忆。山城棒棒军会成为一种独特的文化现象深远地流传，让未来的人们享受。我有一个同乡，从部队转业后，带着对"棒棒儿"的情结，加入棒棒大军，用亲身体验拍摄出《最后的棒棒》纪录片，试图记录下"棒棒儿"的心酸、尴尬、坚韧与无奈。也许棒棒鸡、棒棒面、棒棒饭等食品会消失，但它们的醇香会留在人们的味觉神经里，永远也抹不去。当我们享受这样或那样美食的时候，曾经的一幅幅画面会不断地在脑海闪现。当我们想到曾经有过这样一群人，在山城的路上渐行渐远，直到再也无法看到他们强劲的身躯，我们的庆幸大于失落，因为这是城市发展的必然结果，也是文明进程的必然结果。

> 高高的朝天门呦，
> 挂着"棒棒儿"的梦哦，
> 长长的十八梯哟，
> 留下"棒棒儿"的锅……

这歌声是那样的悠扬动听……

五　心　语

怀念一位藏族老人

三十多年前，我从部队退役安排在阿坝州林业部门工作，随着岁月的流逝，不少事都从记忆中失落了，唯独对一位藏族老人的怀念仍时时闪烁在记忆的天幕。

这位老人姓魏，人称"魏婆婆"，交往数年，我从未打听过她多大年龄，叫什么名字。她的家事，也是她讲多少我听多少，我们之间的关系是一种典型的忘年之交的关系。

我们单位的所在地——阿坝州马尔康县沙尔宗镇后面的山沟里，有一个苹果园，园主就是魏婆婆和她的丈夫周伯伯。两位老人都不识字，两个女儿也已结婚另处居住。这一家子除周伯伯是汉人装束外，其余都是藏胞穿戴。我认识魏婆婆纯属一次偶然，很有点戏剧性。那是一个深秋的星期天，我和几个朋友到沙尔宗镇上玩耍后准备回单位，路过苹果园时，经不住树枝上鲜红鲜红的苹果诱惑，每个人的喉结都在上下蠕动，唾液下咽时还发出"咕隆咕隆"的响声。于是大家不约而同地走进苹果园，我率先爬上了树，刚摘了几个扔给同路的朋友，还来不及自己尝一口，响声惊动了躺在寨子后面的一条凶猛的松潘狗。顷刻，这狗如狼似虎地朝我们冲来，地上的人见此情形一窝蜂似的惊叫着跑出了园子。我在树上一惊慌，竟从树上摔了下来无法动弹。眼看恶狗就要扑上来撕咬我，这时，一位藏族打扮的婆婆从寨子里钻出米，厉声喝住了狗。婆婆走上前来，不仅没有责怪我们，反而把我们全都请进了寨子，摘了一大筐苹果请我们吃。婆婆边为我的伤口涂红药水，边心痛地说："看把你摔成这个样子，今后想吃苹果，尽管开口，千万别私自上树采摘。"接着，她又问我："痛吗？"我摇了摇头。其实，哪能不痛呢？只是感到是自己理亏，自作自受，不好言说罢了。我膝盖上至今还留有那次摔伤的疤痕。

打这以后，我便知道了苹果园的老婆婆姓魏，她丈夫姓周。周伯伯是一个少言寡语的人，但两位老人都特别善良慈祥。作为一个外地人，在当地举目无亲，从此，我把两个老人当成了自己的亲人，有事无事就往寨子里跑。两位老人待我也特别好。苹果熟了，他们会把最好的给我留下一筐，如果我时间长了不去，魏婆婆就会亲自将苹果送到我的单位或托人带给我；自己饲养的猪杀了，他们会把最瘦的割下一块留着，等我去后才舍得吃。我妻子两次到林区探亲，魏婆婆还将我们接到寨子里去玩。记得 1983 年的春天，我得了重感冒，在职工医院住了几天院，魏婆婆天天都守在医院。我告诉她医院有护士护理，让她回去休息，她说什么也不回去，直到我出院了她才回家。我感动得泪流满面，深深感觉到魏婆婆仿佛是在默默地尽一个母亲的责任。

其实，藏族是没有姓氏的。阿坝的藏族属于嘉绒藏族，他们多与汉族、羌族等民族杂居，因此不少人也就用了汉族的姓，乍一听，有姓有名，还以为是汉族，如果追根求源他们的祖辈仍然是藏族。

后来，我了解到魏婆婆是当地藏族人，周伯伯是汉族人，他们的人生还充满了传奇色彩呢！据魏婆婆讲，周伯伯的老家在南充，20世纪40年代因抗拒拉壮丁，周伯伯一气之下打死了保长。为了躲避追捕，周伯伯连夜出逃，经过千辛万苦终于进入了阿坝藏区。后来就和魏婆婆结婚成家，还生育了两个女儿。

遗憾的是，1984年冬，我因工作调动，时间特别紧，联系好的货车师傅又坚持晚上出发，来不及向魏婆婆告别，就踏上了归乡的路。加上不知道她家里任何一个成员的名字，竟连写封信问候一声也成了不可能的事。

后来我打听到，魏婆婆已于2003年病逝，享年91岁。

去年，原单位一姓唐的女同事旧地重游，我特地拜托她到魏婆婆的坟上帮我烧炷香、磕个头。她打听到魏婆婆的坟冢在山上，一早出发爬到半山又畏难地折了回来，拜托烧香磕头的事未能完成。看来，今生今世我只好把对魏婆婆的怀念长留心间了。

随风飘逝

　　这些年，我常常思考一个问题：人究竟有哪些感情需要？友情、爱情、亲情，孰轻孰重？

　　其实，很多时候，友情比爱情可靠得多。爱情是大海里的帆船，远天泛蓝里的一片白，看上去很美，却有太多的大风大浪；友情是小溪里的竹筏，只能缓慢漂移，但是很绵长悠远；亲情则是港湾，不论你多么风光，总有靠岸的时候。情感世界，犹如电脑的内存，应该适时清空，要不就会出现故障。大千世界，繁花缤纷，每个人怦然心动的只是一朵，不管绽放在闹市还是僻地，不管绽放在何种季节，这个人总为它痴，甚至为它狂。那么，有些东西就很自然地随风飘逝。

　　近年来，我喜欢在蓝天下、绿草中荡漾，默默地用心灵去体味某一片绿地，用美妙的憧憬去悸动某一方天空，常常没来由的泪流满面。我们每个人都在辛勤地耕耘，耕耘事业，耕耘家庭，耕耘感情，又用渴盼的目光去看外面色彩纷呈的世界。有时，一个人静坐在老家的山头，遥望轻轻移动的白云，去冥想属于自己的心事，用心灵去读出无数深情的诗章，回顾人生旅途中每一个驿站，便会发现每一个脚印都不是那么深沉和坚定，甚至出现了一些偏差，有些尚可纠正，有些早已无法挽回。可以纠正的，就悄悄校正航线吧；无法挽回的，就让它随风飘逝吧。阅读人生，我们便拥有了自知之明。

我们身边不乏这样的例子。或许你和你太太就是不怎么相爱却能很好地生活在一起的那种，生活的时间长了，爱情变成了亲情，亲情维系着家庭。人心是个无底洞，对感情总是不满足，不仅得陇望蜀，而且常常见异思迁、移情别恋，但心里总有一个割舍不了的人和感情，埋藏得很深很深。在平静的外表之下，人的内心对感情的渴望却如同翻江倒海一般。作为有感情的高等动物，有些人活得太累了，那是因情所困。我想，做人还是简单一些好，不要感情太丰富，否则自己受累还易伤害别人。我曾问一个朋友："你能做到从一而终吗？"他说尽力吧。是啊，只能做到尽力，却不能保证。感情真的到来的时候，人要是没有理智，为此你得付出一些代价，有时甚至是惨痛的。

有人说，离婚是一道改错题，结婚是一道填空题，爱情是一道选择题。好像大多数人都会结婚，而且大半是跟另一个人结婚。最具讽刺意味的是，即使真跟心中那一个结了婚，又觉得他（她）不是原来想象的那一个。乡下人想，只要进城就好了；小城市的人想，只要去大城市就好了；大城市的人想，只要出国就好了，老姑娘想，只要结婚就好了；不被理解的丈夫，盘算着只要离婚就好了。其实，不是那么回事儿。不管是城里还是城外，出国还是回国，结婚还是离婚，你还是你，环境虽然改变了，你的问题仍旧属于你的问题。

想要永恒，不顾一切地爱，可最后全部都随风飘逝……一个男人要走多少路，才可以称之为好汉；一只雏燕要飞过多少片海才能称其为海燕。那随风飘逝的孩提时代，那天真稚气的笑声，不染一丝尘埃；那纯洁无邪的笑靥，不带一丝虚伪；那发自内心的话语，总是那么的真挚。到了中年，那略显庄重的话语，那开怀般的大笑，却夹杂着丝丝忧郁；那一股无名的忧愁，那深思而沉重的话语，总给人一种无尽的伤感……那已随风飘逝的一切美好的温情，都已不再。

伫立风口的我，怀念般地绕念着那被风带走的过去，没有感到彷徨。只因为，我还把握着现在。

北望三峡

人啊，真有些奇怪，长期待在家里就想外出，还总想走远一点。而真走远了，又总是恋着那一片熟悉的土地，仿佛别人的东西再好也不是自己的，而家乡的一切都比他乡的亲切、美好。

这不，到港澳参观学习才7天，我就不知不觉地想着家乡三峡的美好了。情感里总是有太多的牵挂，诸如协会的工作开展、家里房子的装修、儿子的在职读研，甚至朋友那个书摊的生意，等等，我都没来由地牵挂着。

从澳门经拱北口岸入境后，下榻石景山旅游中心大酒店，主办单位立即安排了东奥岛精彩一日游。这是此次活动安排的最后一次集体活动了，明天团队就要解散，相聚才几天的朋友将各奔东西，应该说多少有些不舍。而此时，我对才结识的朋友就要分开虽然有些依依不舍，但也十分泰然，反倒回家的情结更浓，甚至不打算游东奥岛了。最后还是在大家的劝说下，我才和朋友们一起登上了平波如镜、风景秀丽的东奥岛，但却一点不为海岛的美丽所吸引，反而心事重重、无精打采。所以在东奥岛上游完南沙湾景区后，我就再也不想到其他景区了。这其中原因没人能知道，唯有我自己明白。人啊，最难战胜的是自我，最容易毁掉自己的也是自己。我是个凡夫俗子，情感中少不了有不太磊落的东西，比如爱恋，比如金钱。这些谁都不可能视而不见，我也如此。就在岛的对岸，也许我丢失的东西太多，那里有我曾经山盟海誓的故人，可知安乎？我数次编辑好短信，又都被我忍痛删除了；我数次想挂通的电话，又都被我无情掐断了。最终我还是庆幸自己战胜了我自己，我相信我有能力清空自己情感中不太磊落的东西。

是夜，躺在宽敞的酒店大床上，我的思绪异常活跃，久久不能入睡，几次起床推开窗户，北望三峡。我想，北面的天空中，抑或三峡的天空中可能有一颗星星是属于我的！是啊，我生在三峡，长在三峡，脚踏的是大山，每天开门抬眼看到的是长江和与长江相伴亿万年的大巴山脉。几十年来，这些山山水水与我形影不离。我已习惯喝长江的水，呼吸三峡的空气，南方带咸腥味的空气我很不适应。我也丝毫不留恋椰风海韵，尽管在有"海上云天，天下珠海"之美誉的现代都市，我仍然没有感受到精神上抑或视觉上有什么快感。所以，香港一位著名女诗人给我看手相后断言，我的事业应该在出生地之外，最好是在境外才能得到大的发展。我是万万不愿相信也不敢相信的。

第二天上午，当飞机从深圳机场腾空而起的时候，我计算着1小时零50分后飞机会降落在重庆江北机场，5小时后，我的脚又将踏在三峡的土地上了。

北望三峡，我庆幸自己没有带走南方的一片云彩。

面朝大海

第一次看见大海，那是三年前在三亚。

当时我的第一感觉，就是心情豁然开朗，精神立刻舒畅，仿佛生命充满了从未有过的激情。

海螺、贝壳是大海的一种象征，它们与大海息息相关，一次次被海浪推向岸边，又一次次被送回海里。而且是一路高歌，欣喜若狂。我想，这些大海的精灵，只要能时时刻刻簇拥着大海，也就心满意足了。

狂风来的时候，蓝色的海浪涌起滚滚浪花，急促地拍打着海边的礁石，那声音、那气势如同要淹没整个世界。

谁知，热闹一天的大海夜晚便沉静下来。在柔柔月光的照耀下，大海露出她羞涩的一面，静静地流淌，如梦般的静谧，如诗般的韵致，像美丽飘逸的少女静卧在蓝色的床被上。面对如此沉静的大海，我想入非非。是奔波一天劳累了，是无人陪伴孤独了，还是心潮澎湃文思涌动了？其实，都不是，是被大海的美彻底征服了。

渴望的火焰，禁闭的心扉，瞬间把大海构成永恒。

夕阳映照下的大海分外娇美，像一个躺在母亲怀抱里昏昏欲睡的孩子。俯瞰苍茫云海间，飞翔的海燕那么小，但因它们的活力，把大海衬托得更宽广、更深邃，海燕也变得更英勇、更顽强。这动与静、大与小，多么生动的比较。当我们面对大海，你的忧伤可以比大海深沉，你的欢乐可以比大海辽阔。这是我多年寻找的答案，此刻得到了印证。是的，尘世中的我们都需要有大海一样的胸怀，能够包容万物。

大海顽皮，一天天重复着玩耍；大海倔强，永不停息地奔腾着；大海可爱，经常展现它优美的一面。面对着大海的辽阔，看着与蓝天相接、一望无际的海面，我仿佛看到了一条永无止境的跑道。是啊，在人生的这条长河中，我们要学大海那样永不停息地欢腾，要学浪花那样一路高歌，要学礁石那样不怕冲击。如果我们具备了这样的胸怀，我们就拥有了击不败的人生。

土广播

　　现在这年头，有线广播、收音机好像早过时了。人们除了在家里看电视、看光碟，还可以在网上看电影，还有谁去怀念听土广播的时代呢？但历史毕竟是历史，不容抹杀，土广播在当时不仅是一种很好的宣传形式，更是对那个时代甚为贫乏的农村文化的一种建树。

　　土广播，顾名思义，就是用一只长约 40 厘米的喇叭形铁皮筒做话筒，筒的尖端呈小漏斗状，中间安一个供手提的环形把手。播音时"漏斗"就套在嘴上，把声音扩大后送出去。播音员通常会挑选嗓门儿大、口齿清楚又有文化的知青和返乡青年担任。广播内容主要是党报上的国内外大事以及县上、公社、大队的工作安排和"双抢"快报。播音时间一般都是安排在早上。播音员站在高高的山头上朗读，很自豪也很敬业。这种宣传形式，在 20 世纪60 年代末，70 年代初，在我们三峡地区可流行了。大队、生产队都把这件事当回事儿来抓，播音员照样记工分。

　　最近，我回了一趟三沱村。有不少人仍向我津津乐道地回忆20 世纪六七十年代村里的土广播，并称赞我那时喊的土广播听起来很提神。乡亲们习惯把土广播播音叫作"喊广播"。

那个年代，山村里别说电视、录像，连有线广播也没有。干部开会讲话全凭一副嗓子，作报告的人拉开嗓门，大家都得认真听才听得清。那时候运动一茬接一茬，每逢运动，还有一年一度的"双抢"，都要大张旗鼓地开展宣传活动。面对村民日出而作、日落而息的生活习性，白天社员下地干活，比较分散，政策宣传不到位，于是，土广播便应运而生了。

我们村子的后面有一座叫瓦厂包的山包，前临长江，背靠山林。站在这里可鸟瞰全村，也就自然成了土广播播音的最佳位置。只要一播音，几乎全队都能听到。而且，大队支书就在山根脚下，他每天早上都要坐在自己家里听广播，监督播音员的工作。

当年，我还在上初中，也有幸被选中为播音员。记得有年"双抢"时，一天轮到我广播。一大早，村里人还忙着准备早饭，我就提着喇叭筒，拿着广播稿，急匆匆地登上了瓦厂包。我拉开嗓门，还未读完稿件，瓢泼大雨就来了。我正打算冒雨把稿件播完再去避雨，没想到，头上已被一把斗笠罩住了。我回头一看是支书大伯，一感动，就有些语塞起来。支书大伯用手拍拍我的肩说："快喊吧，喊完了回去喝碗姜汤就不会感冒。"那天晚上，我躺在床上，想起支书大伯为我遮雨的事，一方面感到特别温暖，另一方面却想，乡亲们对土广播那么热爱，很当回事儿，内心又不由得涌上了一股自豪感。

到了20世纪80年代，村里家家户户几乎都装上了有线广播，土广播也随之画上了句号。

星移斗转，往事如烟。虽然土广播早已淡出了人们的生活，但山村宣传史上这不同寻常的、闪耀着艰苦奋斗精神的一页，却一直留在我心中，挥之不去。

四月的奇迹

有许多所谓的奇迹是囚困在钢筋丛林中的人们想象不到的，即便是我这样常常在自然中行走的人，也要为自己想象的贫乏而羞愧。

那是四月的一天下午，阳光出奇的好，就像一些金黄的小手在你心上不停地抓挠，挑逗着你出行的欲望。这样的诱惑对于因春雨绵绵而困守书斋的我无疑是巨大的。因此，简单地收拾一番，我便驱车开始了自己的遣心之旅。这样的季节正是各种生命舒展筋骨、张扬个性的时候，空气中弥漫了植株勃勃生长的气息，让我的精神陡然一振，迅速地从低沉灰暗的情绪中解脱出来。在一种微醺的心情中，我偏离了公路的轨道，让车子向田野的方向驶去。远远地，便有一块晶莹剔透、毫无渣滓的"翠玉"映入眼帘。在广袤的大地上，再没有哪种植物能比它更可爱了，也没有哪种植物能比它更亲近我们。离城市远了，我们才能和它更接近。

当那片绿色将我消融的时候，我已经深入到这块"翠玉"的心脏，甚至能够感受到它温柔的搏动，这是由无数微小的生命一起组成的。母性的体味在一张张墨绿的叶片上传递，年轻的母亲们努力汲取养分为即将到来的分娩做着准备，扬花抽穗的过程有条不紊地在这片绿色地带进行着。五月，那是它们的成熟期，届时也将是大地上的一件盛事，有谁能够对那样饱满的收获安之若素呢？

正当我为这样的想象激动时，恰好有一大团金黄滚入我的眼中，我脑海中的景象呼啦一声就被染色了。待我定下心来，才看清那竟是油菜花集结成的云霓。此时它们早已不似平日那般朴素安详，千万朵明亮的花朵借着阳光的纵容热烈地亲吻着你的眼睛，那么的放浪和大胆，全然不顾及你心中的感受。放眼望去，四月的田野上，有风吹过，仿佛有千百个灿烂的漩涡在流转。在这样的景象面前，任何一张图画都失去了意义，因为它们根本不具备如此澎湃恣肆的活力，只有最真实的生命才有那般惊人的美丽。

再往前看去，几个农民正躬身曲背于田间地头忙碌着。对于这样的美丽，他们早已习以为常，虽然他们也很欣赏这样的景象，但不是为了美丽，而是为了这美丽后的收获。农民做的都是些最朴素的事情，他们并不会想到其他。然而正是在无意中，他们种植了生命，也种植了美丽。而我何其幸运，见证了这场轰轰烈烈的美丽。华丽和堂皇也许能让人震撼，但那并不是美丽，真正的美丽蕴藏在最朴素的事物中。农民的劳碌是无休止的，来年，他们还将继续播种一个又一个绿色或黄色的奇迹！

人就这么一辈子……

　　鄙人年过花甲，亲历了无数婚庆宴、得子宴、升学宴、升迁宴、乔迁宴，也经历了不少亲人的生离死别。近日常思之，官为何物，财为何物，喜为何物，悲为何物？思来想去，得出以下结论：其实，人就这么一辈子……

　　人就这么一辈子，生不带来死不带去的一辈子。我们在亲人的欢笑声中诞生，又在亲人的悲伤中离去。而这一切我们都不知道，我们无法控制自己的生与死，但我们应该庆幸自己拥有了这一辈子。

　　人就这么一辈子，我们应快乐地度过这辈子。不管上帝给我们的是什么，只要我们不丧失对生活的信心和对理想的追求，只要你虔诚地去努力、乐观地去对待，我想上帝必会照顾"爱者"得到成功的希望。

　　人就这么一辈子，我们不能白来人世这一遭。所以，让我们从快乐开始，做你想做的，爱你想爱的。做错了，不必后悔，不要埋怨，世上没有完美的人。跌倒了，爬起来重新来一次。不经风雨怎能见彩虹，相信下次会走得更稳。

人就这么一辈子，要想活得轻松，活得洒脱，你就该"记住该记住的，忘记该忘记的，改变能改变的，接受不能改变的"。唯有这样，你才会活出一个富有个性的全新的自我。

人就这么一辈子，爱你敢爱的，恨你敢恨的；说你想说的，做你想做的。孝敬父母，知恩图报。对世人，常怀一颗悲悯的心；对朋友，常怀一颗感恩的心；对家人，常怀一颗慈爱之心。这样，别人才会一样地爱你，你的人生才会温暖如春。

人就这么一辈子，为人处世，大可不必畏手畏脚，只要做到无愧于心就够了。至于他人如何评说，你也不必太在意，因为心长在自己的身上，嘴长在别人的身上，你管得住自己的心却管不住别人的嘴。但你千万要记住，做好人不易，做坏人不行。

人就这么一辈子，我们可以淡然面对，也可以积极把握。当你看不开时，当你春风得意时，当你愤愤不平时，当你深陷痛苦时……请你想想，不管怎样，你总是幸运地拥有了这一辈子……

幸福其实很简单

幸福是什么？有人说，幸福是从精神到物质的最大满足。我不以为然。

辛晓琪有一首歌《味道》，每次听这首歌，我心中总会涌起无数的涟漪。打动我的，是那悠扬的旋律中流淌着的淡淡的思念，还有一直散发的幸福味道。这时，我认为，思念也是一种幸福。

幸福是什么？有位朋友说，他每次回到家里，不论多么疲倦，只要闻到厨房里飘出的饭菜香，就感到非常温暖。因为他的夸赞，妻子总是那么骄傲地笑，这时家里就弥漫着浓浓的幸福的味道。

几十年来，我一直喜欢吃母亲做的汤圆，用腊肉、煎豆腐、风豆豉拌葱头做馅，汤圆做得很大，一碗最多能装 3 个。这种汤圆，吃在口里疏松，不腻人，容易消化，它仿佛成了母亲的专利。我曾多次要求妻照着这样做，但不论妻怎样费力，还是缺少那种味道。所以我每次回老家，都特想吃母亲做的汤圆，而且每次都会吃出幸福的感觉。

照这么说，幸福就是一种味道。它是深埋在我们记忆中的味道，在不离不弃的岁月中，溶于我们的每一个细胞。

家，不一定只有玫瑰的芬芳，平凡人家里多有的是烟火味儿。饭菜香，还有庸常的甜蜜味儿。假如一个人老了，儿孙绕膝又是何等的幸福呢？因此，温馨和谐的家也是幸福。大家小家，有爱的日子，家便散发出幸福的味道，虽然平淡无奇，但它分明在我们心间流淌着，那是轻轻的、暖暖的家的味道。

前不久，我听一位在武警部队服役的朋友讲了这么一则故事：有位农民在城里当"棒棒"好些年了，由于信奉"老婆孩子热炕头"的幸福观，他便把老婆孩子接到了城里。但当"棒棒"毕竟收入有限，难以养家糊口。老婆看在眼里急在心上，便偷偷上街擦皮鞋，想赚些零钱以弥补家用。老公呢，也假装糊涂，睁只眼闭只眼。贤惠的老婆以为老公真的不知道，每天总是抢在老公之前回到出租屋，把饭菜做好，让老公回家后能感受到家的温暖。这样过了一段时间，老公心里有些过不去了，谋划着要给老婆一些弥补。一天，老公抢在老婆回家前来到她擦皮鞋的地方，为老婆端了一大碗抄手。两人推来攘去，老婆最终接受了老公的心意，脸上挂着幸福的热泪，将已不太热的抄手很快吃了一半，然后将碗递给老公，说："我真的不饿，要不你就拿去倒了吧！"老公接过碗，说："倒了多可惜啊，还是我吃了吧。"说着，便将棒棒横挎在后背，屈腿蹲在地上，扔掉筷子，呼呼地吃着老婆故意剩下的半碗抄手，嘴里还发出有节奏的响声。碗在他手里旋转了一个90度，半碗抄手就不见了踪影，连汤也没剩下一点。老婆看着老公一副怡然自得、幸福满足的样子，别说心里有多高兴！当老公拿着碗，哼着小曲准备离开时，老婆吩咐道："你早点回去把饭蒸上，等我回来烧汤哈。"老公一脸幸福地笑着离开了。

　　这对夫妻，他们虽然贫穷，连一碗抄手也要分着吃，但吃得很幸福，难怪有歌词唱到"夫妻恩爱苦也甜"的。

　　由此看来，幸福对于不同的人有不同的标准。大富大贵不一定幸福，金山银山不一定幸福，美人相伴也不一定幸福；相反，平安为幸，知足是福。幸福其实就那么简单。

又是脐橙飘香时

又是脐橙飘香时，橙黄叶绿缀枝头……

几天前，我回了趟老家三沱村。我之所以总是把三沱村称为老家，那是因为我的户口已迁移那里50多年了。现在这里虽然没有了我的户口，没有了我承包的土地，但却有我的故旧亲情。这里的每一片山坡、每一块洼地、每一个峰峦，甚至哪儿有棵古树，哪儿有个山塘，哪儿有口水井，路走到哪儿该转弯，我都记忆犹新。它们常常出现在我的梦里。

三沱村是奉节县脐橙的主要产地之一。在县里，脐橙很有名气，种植脐橙的时间仅次于草堂果园。三沱村和三沱村的脐橙一样，也很有名气，全县恐怕没有多少人不知道三沱村的。这里除了民风淳朴外，就是脐橙种得好。每当脐橙熟了，满山遍野黄灿灿的脐橙煞是让人陶醉。

如果你有闲情逸致，在"橙林尽染"的园中走一走，我敢说，一定会勾起你的味觉。这时，你大可不必把口水吞进肚子里，放心地吃上一两个。老乡即使看见了也不会指责你的偷吃行为，他们会"嘿嘿"一笑，就低头忙活去了。老乡们的实在就跟挂在枝头上的脐橙一样。

如果你有较强的想象力，你不仅能感觉到脐橙散发出的果香，还会感觉到大地散发出的泥香，以及劳动者残留在土地中的汗香。要知道，每一个果实都是果农们像抚养儿女一样辛勤侍弄出来的，其甘甜是果农用汗水泡出来的。能否卖出好价钱，那是市场因素；能否结出好果子，那可是与劳动付出相关的。

我回老家三沱村，不是为了品尝脐橙，抑或抱柴而归，而是一种不老的情愫。

正因为此，我在赞美这里脐橙的甘甜时，总会想到那些躬身劳作在橙林里的果农们，想到那些富了也不忍乱花一分钱，还在辛勤耕作的父老乡亲。

春天走了，我还赖在春的怀抱里

春分雨脚落声微，柳岸斜风带客归。

时令北方偏向晚，可知早有绿腰肥。

坐在工作台前，正面对着窗外的小区花园。目睹各种花木长得郁郁葱葱，虽说巴渝大地的气候还不太热，但我知道这季节已经是夏天了，心里不免产生"流水落花春去也"的伤春情怀。

其实，这是我的错觉，是我一厢情愿地不愿离开春天的怀抱。

如果说立春让人喜上眉梢，那么，立夏肯定让人温暖备至。"踏实"也许是立夏这个时节最珍贵的"家当"：庄稼踏实地生长，麦穗一个劲儿地巩固饱满；山水踏实地秀丽，风光一个劲儿地溢彩……就连鸟儿也踏实地飞翔，不信，只要随意捡拾一个啁啾，也能飘逸欢唱。春天走后，这真实的夏天向我们报到了，所有的热情挤在大街小巷、村边地头，让人眼花缭乱的不仅是庄稼的憨、鸟儿的野、风雨的娇，还有我们想象的奔放。

还记得往些年，一到立夏，家乡的稻田里，秧苗齐刷刷生长，蛙声从晚叫到天亮。家乡，就这样铺开四季更迭的韵律。可惜，后来水田很多都放旱种了脐橙，蛙声少了，农夫躬耕的景象也渐渐绝迹了。春之不去，何来夏之初？人生何尝不是这样呢？更迭、递进是常态，殊不知，人的心其实也很小，前面的租客不搬，外面的人住不进去。更迭有时是痛苦的，但哪一颗甜蜜的果实不经过苦楚的孕育？

立夏的富有还在于一心向善。地上种了菜，就不易长草；心中有了善，就不易生恶。所有的美好都随汗水涨潮。不错，大好的春光明媚就要过去了，谁都难免有惜春的伤感。那就不妨备酒食为欢，为春饯行。崔骃在赋里说过："迎夏之首，末春之垂。"吴藕汀也在《立夏》里说："无可奈何春去也，且将樱笋饯春归。"

所以，我要说：刚强的立夏也柔情……

静听大地之音

蛙叫，蝉唱，鸟鸣。

坐在时光的森林里，任夕阳的余晖洒在脸上，静静地倾听知了发出的一阵紧似一阵的鸣叫。

哦，我明白了，夏天是大地之音最肥硕的季节。

雨声是夏天的常客，蛙声是夏天的兄弟，鸟声是夏天的隐士，蝉鸣则足以代表夏天最繁华的喧嚣！不是么？不论你走到哪里，只要有森林，有青纱帐，甚至有几垄玉米地，蝉们就会不知疲倦地为你伴奏。

蝉是夏季的使者，东西南北，无处不在，就连我坐在书房敲打键盘时，蝉也不停地在窗外伴奏，调动我夏日的激情。

还有滴滴答答的雨声为夏天添色。观雨、听雨，抑或戏雨，那可是别有一番滋味。特别是太阳雨，像个顽皮的孩子，想什么时候来就什么时候来。好端端的天气，陡地一下就变脸了，带着几分粗狂、几分柔情，仿佛就在你头顶上倾泻。你看，就在你前面几十米，甚至几米的地方却依然阳光灿烂。这就是太阳雨，这就是"东边日出西边雨"的美丽意境。

夏天的蛙声也是富有诗意的。这不知疲倦的鼓噪者，仿佛最稀罕日落黄昏。每当这时，蛙声响起，由微弱变得清晰……瞬间，沉沉的夜开始热闹起来，一场盛大的夏夜音乐会悄然登场了。

在枝繁叶茂的树林里，是鸟儿们的天堂。繁密的枝叶形成一片绿海，小小的鸟儿像一尾尾小鱼，游入汪洋中没了踪影。它们的声音却分外轻灵悦耳、清脆婉转，仿佛被夏日的阳光过滤了一样，清透清透的，没有半点杂质，恰似天籁之音。毫无疑问，鸟儿是夏天"最美的歌手"，它们把夏天唱成了一缕清凉。

这就是大地之音，是在不同季节、不同时段交替的大地之音。

那一片火红火红的红叶

我对巫山红叶的认识，始于那次游小三峡。打那以后，我就坚信巫山红叶是有灵性的。她的热烈与奔放、大方与沉稳，象征着纯洁的友谊和爱情。

那是 20 世纪 80 年代初，闲暇之时，我单枪匹马毫无目的地到巫山游玩。当时的小三峡还没完全开发，处于半封闭状态，更没有现在的豪华机动游船。要到小三峡必须乘小木船，要么从巫溪下行，要么从巫山上行，而且水位很浅，好多地方除了老人孩子外，其他游客都必须下船步行，以减轻承载重量，船才不至于搁浅而划向前方。即使这样，船底仍然在河床上磨出一种撕裂破碎的声音，让人心惊胆战。

到巫山的第一天晚上，我住宿在巫峡宾馆，对面房间住着一个姑娘。说不清什么原因，可能是为了排遣孤寂吧，那天晚上她反复唱着电影《等到满山红叶时》的主题歌和《在那遥远的地方》这首歌，声音不大，但甜美浑厚。我被她的歌声吸引和感染，情不自禁地敲响了她的门。她不但没有丝毫戒备，还很礼貌地给我让座、沏茶。那晚，我们谈得很投机。她告诉我她叫符红霞，是上海奉贤一所中学的教师。她有一个伯父，新中国成立前夕随国民党到了台湾，现定居美国，年纪大了，没有子女，伯父要她到美国读书，以便将来继承他的产业。这次游三峡回上海后，就要出国了。那时，中国的国门刚刚打开，人们对美国的认识还很片面。很多人骨子里充满了对美国的敌意，所以我对她的选择不以为然。

第二天，我们相约到小三峡游玩。其实，作为一个三峡人，我对小三峡包括对整个三峡的了解却远不如她，每次谈到三峡的历史文化，我都有些语塞，接不上茬，倒是她做了我的导游，给我解说。我很有些担心，害怕我在她的心目中留下不好的印象。

其时，国庆节刚过，小三峡的植被还是一片青翠葱茏，毫无秋天的萧瑟，红叶还在孕育之中。当时，正值上海制片厂拍摄的《等到满山红叶时》在全国热播。红霞不无遗憾地告诉我，她是专程来三峡看红叶的，可惜来早了，要是再晚点来就好了。巫山的红叶肯定美极了，她要采一片红叶带回上海去，带到美国去。听她这么说，我就更加感到自愧不如了。我比她大三岁，到任何地方包括这次到巫山，都没有她这样具有强烈的目的性。因此，我对红霞就更多了几分敬佩。于是，我说："等红叶红了，我一定采一片最红的红叶寄给你。"她高兴极了，差点当众搂我，亲我。我们就这样相伴在巫山玩了两天，很有点一见钟情的味道。她离开巫山的那天，我送她上轮船，两个人一直默默无语。分手的时刻，我们没有拥抱，没有吻别，有的是两双眼里闪动的泪花。毫不夸张地说，我感受到了她的心跳，她肯定也感受到了我的热血上涌。我们就这样带着向往，带着遗憾，带着失落和空虚，什么也没表白地告别了。红霞回到上海后，给我寄来一封信，信虽只有几行，但充满了柔情蜜意。她告诉我，她已订好到美国的机票，等到了美国后再给我写信。果然，没过多久，我收到了红霞从美国寄来的第一封信。在信中，她毫无顾忌地说，在巫山分别的那天，要是我挽留她，要是我向她表白点什么，也许她会义无反顾地放弃到美国的决定。可惜，可惜啊，我们错过了这个机会。红霞还提醒我，红叶红了的时候，别忘了我的承诺。那年，等到满山红叶时，我又专程到了一趟巫山，但我形单影只，已无心深入小三峡，只到了龙门峡口，采摘了两片最红的红叶，而且写了一首诗。我把它与红叶装在一起进行了塑封，看起来十分精致。诗的第一段是这样写的：

采一片三峡红叶
渡我到相思的夜晚
寻寻觅觅
仍不见我思念的小船

这首诗在国内发表后，不知怎么回事，被台湾《葡萄园》诗刊选载，还被介绍到了新加坡等国，后来还收进了《奉节县志》。

我把"红叶诗签"寄给红霞后，她很快回了信。在信中，她除了再次向我表达爱慕外，还毫无保留地向我倾诉身处异国他乡的孤独。由于当时我已与另一位姑娘谈了恋爱，所以回信时我避重就轻只字不提个人情感方面的事，只是安慰她在美国好好学习，尽快融入当地社会。没想到我的信在三个月后被退了回来，原因是"无法查找收件人"。我以为是我伤害了红霞,于是我又写了一封信,向她解释,但信还是被退了回来。我再寄第三封,结果都是一样。我终于明白了,红霞是真的不会理我了。但这件事对我来说,却一直无法忘却,无论是醒着还是在梦里。

转眼到了2000年,我送女儿到南京上大学,顺便到上海会几个朋友。我把红霞的事告诉了上海的诗人朋友,他们鼓励我到学校了解一下情况,说不定会有意外的收获。于是我到红霞工作过的学校打听,才知道红霞到美国不久就遭遇车祸,不幸遇难。一位老教师还把红霞父母的住址告诉了我。我找到红霞父母并说明来意,还主动出示了身份证。两位老人十分明达,让我看了红霞的遗物,其中就有我寄给她的"红叶诗签",看来红霞已把"红叶诗签"永远珍藏在了她的心里。睹物思人,我的眼泪禁不住往外淌。见此情景,两位老人反倒不停地安慰我。红霞母亲说:"没想到红霞能有你这样重情重义的朋友,如她在天有灵,一定很知足了。"红霞父亲也不停地念叨:"她当时真不该选择到美国,要是不去,也许就……"告别两位老人时,我深深地给两位老人鞠了一躬。我知道,这是毫无来由的。

这次我被邀参加第二届巫山红叶节又来到巫山,更勾起了我对红霞的怀念。在小三峡,在神女溪,在神女峰脚下,那一簇簇红叶丛中仿佛隐藏着红霞的身影,那一片片红彤彤的红叶仿佛就是红霞的笑脸。特别是导游小姐那清脆的歌声,多少次造成我的幻觉,红霞、红霞……这些年,每到红叶最艳的时候,我都要到巫山看红叶,写红叶——为了红霞,也为了自己那份飘落的情感。

感悟梁山驿

在这个烟雨蒙蒙的秋天，一群说着重庆话或普通话，浑身充满青春活力与面露沧桑老态的交通人，在这个古韵悠长的地方——梁山驿相聚。他们穿越历史，目睹现实，畅想未来，这是何等的舒畅！

大凡爱写写画画的人，都少不了多愁善感的一面。一片树叶落了，他们会联想到秋的萧瑟；淅淅沥沥的秋夜，他们会联想到离人的相思。

一只飞鸟受伤落单，他们会异常伤感。

是夜，入住百里竹海公路服务站，躺在松软宽大的床上，白天参观公路文化展览馆以及梁山驿那些远远近近，或文字或图片或实物的展出，都在我脑子里一一过滤。在为古人创造物质和精神财富的同时，我仿佛读懂了梁平交通人务实进取的精神，也仿佛看到了那些侍弄梁柚的果农们辛勤的身影。洋为中用，古为今用。我们不能在赞叹古人的创造力时，忘了歌颂今人改天换地的伟力！

梁平给我留下了一些抹不去的记忆。20 世纪 90 年代末，我曾经在东山森林公园小住数日，梁平的朋友们白天工作，晚上提上酒，带着卤菜到森林公园和我畅饮。我们躺在松涛阵阵的树下，数着星星，畅谈文学，畅谈人生。有位能歌善舞的女青年还歌舞助兴，那是多么的惬意啊！我人生中第一次乘飞机是从梁平机场起飞到成都双流机场，机型是运7小飞机。在高速公路尚未修通之前，每次到重庆出差，我都会在梁平歇个脚，无数次地感受到友情的温暖。由于交通的日趋便捷，这些年，到梁平的机会反而少了，但梁平的柚子我却没少吃。每到柚子成熟了，梁平的朋友或快递或亲自送到家，这让我心生很多感激。但我不能吃了柚子忘了种柚树的人和送柚子的朋友吧？常言道：拿别人的手短，吃别人的嘴软。我得给他们做点什么才不枉礼尚往来，那就舞弄我的不逮之颓笔，写诗吧！不过，还真写下了一些有关梁平柚子的诗。梁平柚子的确不错，那独特的丝丝麻味，就和重庆人吃辣椒一样，越辣越想吃。在我的老家一直流传着"梁平的柚子，云阳的盐，万县的烘炉双线线"这个顺口溜。而今，云阳的盐产业萎缩了，万县（万州）的烘炉绝迹了，唯有梁平的柚子正值壮年，与食客日久弥新。

梁平人善于创新。就拿公路服务站来说吧，他们可以将一个听起来枯燥的地方打造得有声有色。他们巧妙地利用资源，办展览馆、书吧，而且办得很上档次。在展览馆我是最后一个离开的，在书吧，我不停地驻足、顾盼，甚至翻阅……那些束之高阁的精神食粮，让我变成了仰望它们的书奴。

论年龄，我现在和当年那个英国老太太伊莎贝拉夫人几乎同岁。她当年骑着骡马，坐着滑竿（轿子）进入蜀道，也许她经历了很多路——泥土路、石板路、大路、小路，虽然她向世人展现了蜀道之难，也展现了大中华的灵山秀水，但我猜想，她的思想深处应该是看不起中国的。她甚至可能是带着鄙夷的心态在认知中国。但我们无权责怪她，谁叫你积弱积贫呢！但伊莎贝拉夫人做梦也想不到，醒了的东方雄狮是何等的励精图治，今天的中国，其经济总量已位居世界第二，远远超过了她所在的当初被称"日不落帝国"的国家！她也想不到当年她到过的十分闭塞的梁平通了高速公路和高铁，还修成了博世人眼球的二环路。从二环路，我认识了梁平交通人修路办交通的气魄。说实话，今天，我既不仰慕伊莎贝拉夫人，也无意嘲笑她，因为她已成为历史，而我们还在为历史书写。

初冬絮语

连雨不知夏去，一晴方觉秋深。仿佛只是在夏日的午后打了个盹，一不小心，就一脚踩进了阴冷潮湿的冬天。记忆中蛙声和蝉鸣，还在急不可待地扯起嗓子，奏响铺天盖地的大合唱，却是这般的如梭岁月的节奏，冬天就真的来了，带着一丝寒意一丝清冷的空气来了。

"水晶帘动微风起，满架蔷薇一院香"的夏秋季节，只好等待来年。我知道，送走桂花的馨香，最先赶来的是一夜秋雨一夜凉。每一滴初冬的雨滴，都是漫长冬日里郁积的心结。

如三寸黄金的脐橙黄了，果农们围着园子，恰如春风一拂，满脸的皱纹都在笑，万结皆开。一颗颗脐橙红着脸，含羞弯腰，那是向果农献上的鞠躬礼。橙香结伴而来，一树一树地喷发，一个一个地惹眼。香飘四里，那是一种芬芳，演绎着四季生命里辉煌的绝唱。

银河里的星星和月亮还没玩够，早起的公鸡就唱起了晨曲，伸长了脖子要叨出酣睡在山那边的朝阳。村头的小溪虽接近干涸，但细流仍然顺着高山而下，一路窃窃私语，透明如镜。溪边响起棒槌声声，谁家的小媳妇说了个笑话，惹得啃草的黄牛哞哞欢叫。

冬夜漫长且冷飕飕的清晨，也没挽留住家乡果农在暖和的被窝里酣睡。晨风搅醒了屋檐下圈着的公鸡，他们赶紧松开妻子缠绵的手臂，轻轻地下床，提起烟袋，荷锄而出。他们手执新锄如魔杖，弯腰躬耕，抖落发梢和眉间的露水，还有略带咸味的汗水。他们坚信：夏辛苦，秋满仓。冬天的太阳是金子，晒得脐橙阵阵香，晒亮日子喜洋洋。

冬天虽然不像春秋季节那样舒展，但老谋深算的果树们自有办法。它们撑起一把把绿色的巨伞，任金黄的铃铛像一道道灼人的利箭刺激行人的味觉，自己却躲在碧绿金黄的华盖之下窃笑。修竹轻吟，带着寒气的风儿四处游荡，一不小心撞上了在树梢看风景的冬雀，它们只好亮翅，快乐地去寻找属于自己的远方。

乡村里的小院，在一柄柄泛黄的"大伞"的笼罩下陷入沉思，宁静而素雅，安详而有韵味。人皆苦冬寒，我爱冬日长。片片白云像无数新弹的棉絮在天空闲逛，老黑狗早上吐出的淡红色舌头，现在都还没缩回来，蜷趴在老墙根下，眯着眼睛惬意地张望着这个世界；慈眉善目的老牛斜卧在池塘边的柿树下，悠闲地咀嚼着如烟往事；池中三两枝野生的荷叶，耷拉着头，随风摇曳，等待来年蜻蜓在荷间穿梭，偶尔立于荷蕊，沉醉于荷香，细听荷语绵绵间，却还不忘频频照水，悄悄欣赏自己映照在水中的俊俏模样；塘里嬉戏的鱼儿早已匍匐水底，成了相依相偎的恩爱夫妻。

落日熔金，夕阳如醉，晚霞踏暮而来。轻挥锄头，果农们为一天画下圆圆满满的句号。炊烟袅袅呼唤，不用黄昏驱赶，果农们荷锄而归。牧童抛下水牛弃了鞭子，风风火火地闯进院子，拿起一个金黄的落地果，掰开使劲吮吸甜津津的果汁，发出的声音惊得鸡鸭"咯咯""嘎嘎"地扑腾，好一幅乡村牧归图。

夜如纱，星如棋，电视机里正播报着新闻，国际国内，了然一新。乡村虽少了歌舞升平的热闹，但却可感受冬夜的恬静。谁家的腊肉炖得那么香？直教满天的星星都眨着眼睛伸长了舌头。月光像一支穿梭的银针，来来往往，把天地两幅美景缝在了一起……

雪落无声

一场多年未遇的大雪，在奉节兴隆镇、长安乡与我不期而遇，这使我兴奋不已。你看，天空中是谁踩着织机，让大片大片的雪花从天而降，密密织织、飘飘洒洒地降落，瞬间，大地由花白到灰白，直到银装素裹。

李白在《北风行》中描述的"燕山雪花大如席，片片吹落轩辕台"，除了文学上的夸张外，真不知道燕山的雪花究竟有多大。但据见证过"燕山雪花"的人讲，这里的雪的确与其他地方的雪不一样，不仅雪片大，而且洁白无瑕、晶莹剔透，可以整夜整夜地无声无息地飘洒。我想兴隆和长安的雪也许和燕山的雪，无法比拟，但兴隆、长安的雪自有它的妙处：它来时悄然，走时无声。等你缓过神来时，除了留下一片洁白世界外，再也看不见它飘飘如仙的风姿。我曾在四川马尔康市工作了近十年，一生十分稀罕雪，稀罕雪花飘舞、雪落无声的意境，稀罕雪洁白如玉、飘飘洒洒的轻盈。雪，比起那些太过张扬的雷雨斯文得多，比起那些脾气暴躁的闪电安静得多。在漫天飞舞的雪花面前，你的身体可以在雪地里得到洗涤，灵魂可以被干干净净的雪片净化。你甚至可以仰天闭目，让雪花这个从天而降的精灵清清凉凉的唇与你亲吻。

下雪了，我们不能因为怕冷而足不出户，一定要到户外去转转，亲身感受一下雪花纷飞的模样，看马路上一层薄薄的雪覆盖着地面，偶然被汽车碾压，留下一道长长的黑白分明的履痕，如同生命中走过的足迹；看街对面屋檐上铺满的积雪，犹如撒满了一层白糖，真想把手伸过去，抓一把尝尝，看看是否真的是甜的。

站在雪地里，我想起了远方的马尔康市。在那里，国庆后就开始下雪了，自此，白雪皑皑，雪花纷飞，就成了马尔康的主色调。一直到第二年三月，雪才停止了它慢吞吞的脚步，很不情愿地让春天走向前台。自从内调回重庆，这里的冬天就有点不像冬天了，即使高山地区偶然来一场小雪也是应付了事。但这次长安、兴隆的雪是真的在下，不是一场两场的作秀，也不是一点小雪就作罢，而是铺天盖地的漫天飞舞地下个不停。说实话，我喜欢长安、兴隆的冬天，虽然有些冷，但是那却是真正的冬天的模样。所以，我正盘算着，明年是否可以到兴隆去过一个冬天呢？

此刻，雪花依旧在飞舞，像是一个个白色的精灵一样，飞过千家万户的屋顶，亲吻行人的脸颊，抚摸老树上最后那片树叶。但这雪来得似乎有些迟缓，让人等得心急，茅草坝滑雪场也迟迟没法开业。幸好是来了，若不然又是一个无雪的冬天，那么这个冬天将会失去多少颜色。

此刻，一定有不少人在静静地看这场雪，聆听雪落无声似有声的意境，那该是尘世中人多好的闲情逸致呢！

淡淡的年味

这年头，年味是一年一年地淡了。

还没等过完正月初七人庆节，年气渐退，爆竹声也就渐行渐远了。不管年味是淡是浓，孩子们对过年总是特别的喜欢。他们年没过完，又翘首企盼下一个年的到来。但对成年人来说，因为生活的压力、工作的重负，心里其实是不怎么向往过年的。其次是过一个年增长一岁，人生就那么几十个年，过着过着就过完了，想想也真叫人恐惧。

不过，对于常人来说，不想过年也还得要过。谁也奈何不了，谁也改变不了。当然，年前年后的悠闲是谁也不能否认的。每天睡到自然醒，闹铃响了一次又一次可以不去理睬，即使睁着眼睛也不用急着起床。不用担心误了上班，不用思考今天该怎样完成一天的工作，不必在意着装是否得体精神，形象是否光鲜亮丽，更不必患得患失，为名利斤斤计较。所有的劳顿暂且放下，尽情享受过年带来的闲适，只需吩咐家人做好一日三餐，自己再把盏香茗，坐于电脑前，轻轻点击，让心游荡于所想之处。无扰耳之书声，无烦琐之工作，无人际之摩擦，享受如水般清澈简单的生活，慵懒而又惬意。

还有，年前年后的忙碌亦不同于平日。眼看年关已近，总该置办些年货吧，于是陪着老婆或家人，穿行在熙熙攘攘、人群如潮的大街上，看琳琅满目的年货上市，看行人匆匆地采购，大包小包一趟又一趟地拎回家。货架上的货物空了又放，放上又空，超市排了长龙般的队伍，人们慷慨地消费，这让人多少有些不解：怎么一下子冒出这么多人？尽管有些不解，自己一样加入了购物行列，几乎每天去一趟超市，总不能让老婆拎东西吧。于是再不乐意也得拎，一大堆年货拎回家，两只胳膊酸痛得不行。回到家，还要再次清点货物是否有差错，和老婆一起计算下一次要买的东西。年后，不再购物了，走亲访友、登高祭祖倒也忙得不亦乐乎。回老家，走亲戚，与一年仅团聚一次的亲戚们寒暄闲聊，谈身体，说工作，或感慨唏嘘，或羡慕咋舌，亲情因此得以延续且更加浓厚。

年前满怀希冀，越到年根，越怕失去这种希冀。是啊，有希望谁都了不起，有希望就有梦想，就有生活的动力。

我一直难忘儿时过年的光景，怀念那种单纯毫无功利的渴望，怀念那种渴望定会实现的踏实，怀念向父母索取压岁钱的幸福，怀念除夕之夜母亲还在为我赶制大年初一等着穿的新鞋，怀念过年不会被父母责骂甚至敲打的放松，怀念狮子锣鼓车车灯挨村串演的喧嚣，怀念随便走到哪一家都会得到一捧苔果子和炒米花的惬意，怀念从外婆家离开时外婆一直送到一个叫黄豆包的地方却还不愿离去的目视。现在，我已年过花甲，想起来，真是岁月如梭，时光不在啊！尽管我们的人生中有许多渴望，但能有多少渴望像对年的渴望一样变成现实，令我们心满意足的呢？过年总是不期而来。

年前年后的忙碌只是身体的忙碌，而心却那般清静如水。这大概应了人们常说的一句话：做自己想做的事，再忙也快乐。放下一年的心情，释然地与亲朋好友共叙旧事，再不堪回首的往事都会成为过眼云烟，还有什么不能坦然面对的？有了这种心境，自然多了一些轻松与淡定。脚步匆忙了，心情却很从容；身体辛苦了，却荡涤了灵魂。

年前财政补贴的那点年金，经老婆这么盘算那么盘算，已所剩无几。年后还得加倍努力工作，争取再过年时多一点收入，一方面讨老婆的欢心，二来自己的兜里也多少揣几个，不然的话，这男人真的不好当。

年前年后的日子年年如此，别忘了梳理一下自己的情感，该总结的还要总结，该汲取的还要汲取，该放弃的一定要放弃，该计划的一定要计划。一年之计在于春，该出发时别懈怠。但忙里偷闲，也别忘了关照自己。

等待阳光灿烂的日子

这已经是第 15 天宅在家中了。

一场突然袭来的新冠肺炎疫情，不仅打乱了我鼠年春节的全部计划，也改变了中华民族传统的年味。从大年初一开始，我也只好遵循"宅家就是不添乱，宅家就是做贡献"的原则，把自己关在家里。微信上的运动记录，从过去的每天一万多步，降到现在的几百步。虽有些焦躁，但也能理解。毕竟我为这场凶猛的疫情做不了什么实实在在的工作。

享受着家人每天做的虽不丰盛但也足可果腹的饭菜，然后泡一杯茶，看看书，看看电视，看看武汉和全国各地朋友发来的微信，更多的时候是盯着手机，不停地翻看全国各地抗击新冠肺炎的最新消息，也制作转发一些正能量的内容。通过制作转发微信，我和武汉以及全国的朋友，彼此温暖，彼此守望。

我所居住的小区，本是城市中心的一块静地，平时连汽车的噪音也听不见，只有清晨那婉转的鸟鸣声，以及家人起床后在楼上楼下弄出的声响告诉你：该起床了。疫情爆发后，小区开始限制人员流动，妻子也懒得早起，清晨人为弄出的噪音也因此消失，这样的日子我反倒不习惯了起来。但宅家的感觉实在不好受，仿佛喧嚣与都市隔离了，欢乐与节日隔离了。这些天，为了通风，我把窗子打开昼夜不关，但仿佛思绪也跟着打开了，常常深夜两三点不能入睡。其实我心里清楚：病毒可怕，心灵的雾霾一样可怕，我实际上是陷入了一种恐惧病。一向精力集中的我，常常手里拿着书，眼睛盯着书，心却想着书以外的事：武汉的朋友还好么？家乡的亲人还好么？最小的兄弟那几万斤正宗的奉节脐橙，会不会因为疫情的影响卖不出去？

儿子因为海关工作的性质，隔三岔五要去值班。尽管他信誓旦旦地说他们的防护做得如何如何的好，但我心里仍然七上八下，害怕他把病毒带回了家。儿子仿佛很自觉，总是把在单位穿的衣服换在车里后才回家。记得前几天，快递小哥送来了包裹，我正打算下楼去取，刚打开门，突然又退了回来，何不在晾衣杆上拴上绳子，把邮件从窗子钓上来呢？快递小哥同意了我的"发明"。包裹钓上来后，我迅速拆开，又迅速将包装放了下去，请快递小哥带出去扔进垃圾桶。这办法也的确很好，减少了和别人面对面的接触，也就减少了传染的机率。

春天的脚步渐渐逼近，楼顶的花木已长出鹅黄的嫩芽，但宅家何时是终期？仿佛我与居住的城市陌生了，与习以为常的生活陌生了。

我居住的房间高高在上，我的心却仿佛沉到了谷底。这些日子，我习惯了每天晚上到楼顶看城市的夜景，灯火依旧，只是少了远处车水马龙般的流动，少了红灯关闭瞬间留下的如梦如幻般舞动的火龙。每到这时，我都会在心里祈祷——祈祷新冠病毒早日被关进笼子，把喧嚣还给城市，把城市还给人流，把流动还给汽车，把汽车还给公路，让居住在祖国四面八方的同胞，都可以自由往来。

我知道，在这个特殊时期，各行各业都在以自己的方式为抗疫出力发声，有人尽己所能呐喊冲锋，有人管好自己不添乱，不管是奔赴一线还是宅在家里，都是在为抗疫奉献。

在疫情尚未被降服之前，像我等之人宅家就是如同传播善良。我相信，春天的脚步，不会因为一场风雪就停了下来。我们必须坚守，必须等待，等待拨云见日，重返阳光灿烂的日子！

划龙船

　　我的家乡奉节有划龙船的习俗，但记忆中划龙船已经是好多年前的事了。2020年县龙舟协会原定在端午节这天举办大型龙舟赛，当一切准备就绪，却因新冠疫情被有关部门叫停了，这让爱看划龙船的我，空欢喜了一场。

　　奉节古称夔州、夔府，划龙船始于何年何月无法考证，但夔州龙船却赫赫有名。它承载着夔州历史文化，划过了千年时光，被广大人民群众所喜爱。划龙船，江浙一带叫扒龙舟，又叫"龙舟竞渡"。夔州划龙船，可以与湖南沅陵、江苏苏州、浙江宁波的划龙船相提并论。从我记事起，每年端午节，老县城的民众都要自发地举办龙舟赛。这一天，长江两岸十余里，黑压压的一片，到处都是观看划龙船的人。有人为了抢占最佳位置，早早地就在城墙、堡坎、依斗门大梯子等地把视线开阔的地方占了。来得晚了的人只好到处找位置踮起脚尖看热闹。人们期待着、关注着自己或亲戚朋友单位或地方的龙船在比赛中取胜。各式龙船按色彩分成白船（白旗）、红船（红旗）、黄船（黄旗）、乌船（黑旗）、蓝船（蓝旗）等。这些五颜六色的龙船分别来自本县李家埧、菜园沱、口前、白马、周家坪、东风社、搬运工会、红旗社、电厂等村庄和单位。近十条色彩各异的龙船在欢快的鼓点的指挥下，徐徐逆水而上，划到白马滩时，再调头顺水下划。这时，所有的运动员向两岸民众欢呼、招手致意，岸边就会鞭炮齐鸣、铁铳震响，两岸烟雾弥漫，场面一派沸腾！

我第一次进县城，就是去看划龙船。当时是一位远房亲戚带我去的，那年我还不到9岁，从没见过这人山人海的场面。我在人群中穿来穿去，没多大一会儿，就和那位远房亲戚走散了。身无分文的我只好饿着肚子，哭哭啼啼地沿长江步行了20多公里，直到天黑了才回到家。我母亲很气愤地找到那位亲戚，责怪他不负责任，差点把一个孩子弄丢了。因为这事，母亲好几年都不和他说话。

划龙船，是端午节传统习俗。相传起源于战国时期，楚人因不舍屈原投江死去，许多人划船追赶拯救。他们争先恐后，追至洞庭湖时却不见其踪迹。之后每年农历五月初五人们就以划龙船来纪念屈原。借划龙船驱散江中之鱼，以免鱼吃掉屈原的身体。其实，划龙船早在屈原之前就已经有了。闻一多先生的《端午考》说，距屈子投江千余年前，划龙船之习俗就已存在于吴越水乡一带，目的是通过祭祀龙图腾，以祈求避免常见的水患之灾。

家乡划龙船很有讲究，比赛前运动员都要忌讳说破头话，也就是不吉利的话。比赛当天，要把龙船倒扣起，用鸡蛋清抹船底，为的是减少水的阻力。龙船下水就等着"齐人"，就是配置各部人员。直到最前面那条船的旗手一蹦上岸，同时展开旗子挥舞，这条龙船算是得了本次龙舟赛的第一名。这时，鞭炮齐鸣，铁铳震天，欢呼声、喝彩声，还有谩骂声、挖苦声，不绝于耳。赢了的把龙船倒扣着放在几十人的肩上，从依斗门进城游街庆贺，好不荣幸！一直到天黑，他们才把龙船抬回放在该放的地方，来年再赛。

划龙船是一项民间水上体育运动，也叫"斗龙"，也总有想方设法阻止别的船上前，和篮球比赛一样，总想压制对方投篮。最后，往往赢了的一方趾高气扬，输了的一方满不服气，弄不好还会发生斗殴，产生负面影响。20世纪90年代中，奉节、巫山两县举办了一次龙舟赛，结果比赛中发生了摩擦，据说还伤了人。巫山的县长给奉节的县长打电话道歉："×县长啊，我们巫山人不日毛（不争气）啊，划个龙船还伤了兄弟县的人，对不起，对不起！"这位巫山×县长不知是没想到奉节的县长是巫山人还是有意打趣，奉节的县长一听这话不对，连忙纠正道："不不不，×县长，我们奉节人也不日毛啊！"当然这是个笑话！

划龙船也是中国传统的民俗文化活动。《淮南子·齐俗训》中有"胡人便于马，越人便于舟"的记载。古代南方地区的人们常以舟代步，以舟为生产工具和交通工具。人们在捕捉鱼虾的劳作中，攀比渔获的多寡，休闲时又相约划船竞速，寓娱乐于劳动、生产及闲暇中，这便是远古时竞渡的雏形。南宋诗人叶适有诗曰："一村一船遍一邦，处处旗脚争飞扬，祈年赛愿从其俗，禁断无益反为酷。"可见古时的龙舟赛，主要是用于祈求平安和农作物丰收。因此，家乡的人们总是给划龙船的输赢臆断出一些毫无科学根据的说法，如白船赢了棉花丰收，黄船赢了谷子丰收，等等。

家乡划龙舟，给父老乡亲留下了不少的欢乐和茶余饭后的谈资，也给我留下了无限的遐想和抹不去的记忆。

推苕粉

20 世纪 80 年代前，科技较为落后，生产力不发达。在农村，庄稼收割、粮食加工，机械化程度很低，都是靠磨子、櫃子、碾子、石碓这些较原始的工具来实现的。

磨子把粮食磨细，櫃子把谷子櫃成米，碾子把粮食碾碎，石碓把糙米春成熟米。别看现在有些热衷收藏的人将磨子、櫃子、碾子、石碓作为历史记忆的收藏品摆在庭院里展示，可在当时，如果没有这些工具，可能人们吃饭都难。

我在童年时期对推磨极为恐惧。那时为了解决吃饱肚子的问题，生产队十分注重红苕、洋芋、包谷的种植，即所谓的"三大坨"。稻谷除了交公粮外，分到社员手里的所剩不多。为了更好地储藏红苕、洋芋这些薯类口粮，每家每户都挖有地窖，红苕、洋芋储藏在地窖里，可以放上几个月甚至半年不会烂。但分的红苕、洋芋多了，地窖也藏不了，多数人家就用来喂猪。说来奇怪，那时候的猪还真叫叼嘴，光红苕不加上菜和包谷它还不吃。为了解决红苕过多的问题，最好的办法就是加工成苕粉，又称粉条。

这样既便于储藏，供自己食用，还可以拿到市场上卖以贴补家用。

早些年，我们那个地方，很多人家还用自己加工的粉条配上面条作为礼品送人。一般两斤粉条、4斤面条就拿得出手了。有些人家，为老人庆个生日，会收到很多粉条和面条，自家吃不完，还要拿到市场上卖。但红苕要变成苕粉，就要用磨子推，这哪是磨苕粉，在我看来简直就是磨人。我记得我们家也有推苕粉的传统，父亲有他的事，常常三天两头不在家，母亲忙了田里忙屋里，白天没时间，只有到了晚饭后才开始推苕粉。我在十二三岁时，常常被母亲一哄二骗拉去给她当下手推苕粉，不论我有多么不情愿，也只能硬着头皮答应母亲的要求。就连七八十岁的爷爷有时看不下去了，也得帮帮手。推苕粉不是一时半会的事，往往一磨就是深更半夜。大凡孩子家瞌睡多，磨子还在母亲的推动下不停地转动，我却闭着眼睛机械地跟着磨子转。

推苕粉是一件十分枯燥的劳动，没有什么吸引力。况且物以稀为贵，苕粉多了谁都不愿吃，所以推苕粉就成了一件苦差事。特别是这种推苕粉的劳作不是一天两天的事，从挖红苕开始，直到红苕挖完，几个月都要磨，天天晚上周而复始地进行。后来，只要看见母亲洗红苕、剁红苕，知道又要推苕粉了，我就开始紧张起来。好在伯伯家的大哥，已是壮劳力，常常被伯伯安排来帮我们，要不情况就更糟糕。

现在想起来，那时我真的不懂事，只知道自己随心所欲地玩，却不知母亲为了撑起这个家，有多不容易。母亲，一个30多岁的农村妇女，白天地里，晚上家里，不知疲倦地劳作，为的是为父亲多分一点忧，让一家人的日子过得好一点，可我却全然不懂。

现在，我才明白，母亲一生就像我家那副推苕粉的磨子，年复一年，不知疲倦地将岁月磨碎，然后又过滤晒干，毫无怨言地将自己磨平、磨矮了，却把美好的生活留给了我们，留在了我们的记忆里。

难忘包谷汤圆

朋友，你吃过包谷汤圆、包谷糍粑、包谷醪糟么？

反正我吃过。而且几十年过去了，那味道，仿佛至今还在口里萦绕。

我的家乡地处三峡腹心，在 20 世纪 80 年代以前一直是种水稻的，后来由于大力发展脐橙产业，很多水田都放旱栽上了脐橙。但即使产水稻的时候，坡地里还是要种一些杂粮薯类作物，否则就难以解决一年的吃饭问题。

水稻有粳稻和糯稻之分，大米有黏米和糯米之别。早些年杂交稻还没有普遍推广，同样的肥料，同样的面积，同样投入的劳动力，粳稻的产量要比糯稻的产量高出一倍。尽管糯稻的售价比粳稻要高出很多，但精于算计的农民还是乐于种粳稻。即使家庭条件好的，也只种很少比例的糯稻，主要是用于过年过节做汤圆、拍醪糟等。人民公社时，生产队就更少有种糯稻的了。

旧时农村有个说法："叫花子也有三天年。"过年时，没有糯米做汤圆、醪糟一样要过，但没有粳米填肚子，日子就无法过下去了。好在家乡不知从什么时候开始，就有了糯包谷这个糯米的替代品。不种糯稻的人家，为了解决过年过节吃汤圆、醪糟的问题，只好种一种叫糯包谷的杂粮来替代糯米。有了糯包谷，在过年过节的时候，自然也就有了做汤圆、拍醪糟、打糍粑的材料了。

推汤圆就是一件比较愉快的事了，因为有希望就无所谓累，哪怕推的是包谷汤圆也很乐意，还边推边唱着儿歌："推磨，摇磨，推出汤圆糯不过。隔壁赖汉莫望嘴，想吃汤圆去挑水。包谷汤圆香，糯米汤圆糯，想吃汤圆来推磨。"完全没有山歌唱的"汤圆好吃磨难推，山歌好唱口难开，妹儿好乖，她不来"那种感觉。

用糯包谷做成汤圆粉，先要用檑子将包谷退壳，然后用水浸泡数天，有的人家甚至要泡上二三十天。浸泡期间要多次换水，以免泡馊了。据说糯包谷泡得久，推出的汤圆粉才软和。糯包谷泡好后再用石磨推出包谷浆，再将包谷浆由过浆布吊干后，就可以用来做汤圆了。一时吃不完的汤圆粉，还可以晒干后保存，吃的时候用水调湿，做起汤圆来方便得很。

包谷汤圆做好了，无论从口感还是从柔软度，吃起来并不比糯米汤圆差。相反，它黏糯适度，具有清香散口、回味绵长的特点，不失为三峡民间难得的一道美食。同时，包谷汤圆还不像糯米汤圆那样，吃多了腻人，出现消化困难等问题。

我母亲做的包谷汤圆，可以说伴随了我的前半生。玛瑙色的汤圆粉，煎豆腐、腊肉丁外加葱头和少量风豆豉做的馅，吃起来那个香啊，真是难以忘怀。直到现在，家里每每吃汤圆，我都会想起母亲做的包谷汤圆。母亲做的包谷汤圆为大汤圆，一碗只能装 4 个，我年轻的时候每次回家，不论是过年还是平时，母亲总要做包谷汤圆给我解馋，一般我都要吃两碗。吃完包谷汤圆，再美美地喝一碗乳白色的包谷汤圆汤，打着葱香饱嗝，享受着和父母在一起的快乐，时间过得特别快。

遗憾的是母亲离开我们后，我再也没有吃上包谷汤圆了。

现在，汤圆粉、汤圆馅品牌众多，五花八门，反而吃起来没有了感觉，总找不回记忆中母亲做的包谷汤圆那个味道。

苦楝花儿香　苦楝果儿黄

因为一个"苦"字，给苦楝树定了一个不好的性，因而使它不那么受人待见。其实不然，苦楝树的"苦"，是良药苦口的"苦"，是值得赞美的树种。

在我幼小的时候，田间地角，房前屋后，石窟山冈，总能看到苦楝树的身影。苦楝花不像梨花、桃花，一到春天，就争妍斗奇地开放，它总是在暮春时节才不紧不慢地张开笑脸，仿佛是来延续春天的脚步的。但它不开则已，一开便十分热烈，有些放肆地开放。它满树的紫色花瓣，一挂一挂地吊在树上，如紫藤花般绚丽。对此我多有不解，开花的草本植物与灌木很是寻常，但一种开花的高大乔木则是难见。在我认识的乔木中，唯有油桐、泡桐与苦楝树是个例外，但桐花总给人甜腻黏糊的感觉，而且花蕊里藏着讨厌的小虫子，不论它开得多么好看，也让人心生不爽；而苦楝花，则洁净许多，紫蓝中略带乳白的颜色，散发着一缕缕令人莫名惆怅与喜悦的气息。

苦楝花落尽，一串串如青枣一样的果实似小铃铛一样挂满枝头。对于这些满树的果实，我不止一次天真地幻想它是满枝的青枣该有多好啊！然而，它终究不是青枣，这个世界相似的东西的确太多了，让我们眼花缭乱、辨不清真假也是常事。

苦楝花总在暮色里呈现出它最美的一面。多少年了，我还记得那个微雨的黄昏，那时的我还是个不谙世事的孩子，站在自家的门帘下，远远地看见，暮色里一位拿着扁担的窈窕姑娘，正从一棵高大的苦楝树下走过。她红润的面庞，两根乌黑的长辫子拖在脑后。红格子衣裳映衬着黄昏的绿树，微风吹拂下，仿佛美人和绿树都在动。地上落满了被风吹落的苦楝花，她踩着花瓣，身影消失在暮色深处。晚风清凉，空气里弥漫着苦楝花令人迷惘的香甜气息。为这幅美景，我怦然心跳了好久，直到她出嫁的那天，我还心生出怅然若失的感觉。其实，她是我远房的表姐，一个比我大十岁的女子。

我家的自留地旁，也有两棵高大的苦楝树。多少个黄昏，我看见母亲在菜地里劳作，苦楝树的高大、母亲的矮小，这场景在我的记忆中一直无法抹去。

到了秋天，苦楝树则慢慢落下叶子，光秃秃的枝丫伸向寂寞的蔚蓝天空。一串串由青转黄的苦楝果，仍像小铃铛一样在微风里招摇，十分惹人。偶尔还会看见一棵树之巅，筑有鸟巢，犹如一幅写生画，这便是儿时对苦楝树的美好记忆。

苦楝树全身是宝。枝叶可驱赶蚊虫、净化空气，花、果、叶、皮均可入药。小时候，农村缺医少药，人们又经常喝生水、吃生冷食物，大人、小孩容易生蛔虫，这时只需要取一块苦楝树皮熬水服下，驱虫效果十分明显。我小时候常常肚子痛，每到这时，母亲就会断定是我肚子里长了蛔虫，于是她会剥一块苦楝树皮熬了水，让我喝下。果真，我一喝下这苦楝树皮水，肚子还真的不再痛了。苦楝树果实据说用处也很广泛，是生产润滑剂和肥皂的原料之一。

小时候，农村孩子家里大都贫穷，捡拾苦楝果换钱也成了他们买铅笔或作业本的来源。为了不形成争抢，孩子们还划分了各自的捡拾范围，绝不轻易动别人的"奶酪"。供销社和大队的供销商店都收苦楝果，5分钱1斤，这个价已经很有吸引力了，要知道那时5分钱可以买一支铅笔和一个小字本，10斤苦楝果换得的钱可以在馆子里吃一顿饭。

后来，为了发展果品经济，让农民致富，家乡大力发展脐橙产业，苦楝树被逐年砍伐，到现在，那些以前随处可见的苦楝树几近绝迹，但它依然鲜活地在我的梦境里。

苦楝树耐贫寒，适应性强，适生性广，不论土地肥瘦，生长在哪里，它总能生根开花结果，而且迅速长大成材。据科学研究，苦楝树耐烟尘，抗二氧化硫和抗病虫害能力强，其吸收二氧化硫的能力是一般树种的4~5倍，它是很好的抗污染绿化树种。

既然苦楝树这么好，为什么平常的行道树看不到苦楝树呢？除了因为对苦楝树认知上的不足外，苦楝树也不是没有缺陷的。苦楝树木质层粗糙有皱褶，质地较为轻软，易腐烂中空，同时枝干易折断，抗风性较差。另外，苦楝树的自我繁殖能力强，仿佛不需要特别的培育，一颗苦楝果任意丢弃在有土的地方，就能生出苗子，长成大树。正因为这样，在园林运用中，易对邻近树种造成侵害，所以容易被人为地排除。当然，人况且无完人，又哪里有完美的树种呢？

　　在众多描写苦楝树花的诗作中，北宋政治家、文学家王安石的"小雨轻风落楝花，细红如雪点平沙；槿篱竹屋江村路，时见宜城卖酒家"最为有名。

故乡那棵黄桷树

黄桷树，是故乡极普通的树。河岸、山腰、路旁、田角随处可见。几人合抱的树干，伸向空中的虬枝茂叶，展示出黄桷树强劲的生命力。夏天里，它撑出一片荫凉；严冬中，它巍然挺立，顶风傲霜。黄桷树也是故乡最受人喜欢的树之一。

在三峡大坝蓄水前，我们居住的院子遂随树而名，也叫"黄桷树"。一个院子里住着杨、李两姓十几户人家，两姓人是几代人的姻亲，有着千丝万缕扯不清的关系。一个院子就是一个生产队，也是一个小社会。村东头的鸡叫，村西头听得明明白白；村西头的狗吠，村东头就知道来了生人。

村东头那棵黄桷树是棵百年老树，树径要五六个成人牵手才能合围，树冠如盖，几乎罩住了半个院子。

在我的记忆中，这是一棵极不平常的树，也是一棵有故事的树。过年了，家家户户都要端着猪头，点上香，来到树下敬菩萨。树下有集体的碓，不管哪家舂米都要到这个碓来舂。这棵黄桷树不同于其他黄桷树，一遇深秋就稀里哗啦地掉光树叶，留下光秃秃的树枝，没了一点生气。而这棵黄桷树，我从未看到它树叶掉光过，它总是新叶和旧叶交替，旧叶还未掉完新叶就长出来了。我固执地认为，这棵黄桷树，它用一年四季的青枝绿叶陪伴了我的整个童年；它用粗壮的身体给我的成长遮风挡雨；它伸向远处的枝干，送我离家远行……

三年自然灾害时期，这棵黄桷树葱绿的树叶，成了生产队的宝贝。春荒的时候，队上会派人将它的叶子一片一片地摘下来，然后与苕梗粉掺和后食用。它好像特别善解人意，总是旧叶刚要摘完，新叶又长了出来。为了防止邻近生产队偷摘树叶，队里还派专人看守，黄桷树成了全队的救命树。

夏天，生产队开社员大会，都是在黄桷树下开。会计在广播里一出通知，男女老少都会慢条斯理地往黄桷树下聚。上了点年纪的男人，有的摇着蒲扇，有的端一杯老荫茶，有的拿着叶子烟杆；中年妇女们少不了拿着鞋底，以便利用开会的时间纳鞋底；年轻姑娘们则拿着花绷子绣还未绣完的花，为自己出嫁做准备。队长讲得唾沫四溅，虽无人说话，但绝对不是鸦雀无声。烟锅叩地的邦邦声，纳鞋底拉线的唧唧声，声声入耳，但队长照讲不误。特别是那帮妇女，总算逮住了机会——纳鞋底、绣花和开会两不误。至于开会的内容仿佛对她们不重要，她们来开会只是凑人数挣工分而已。

早些年，我有个么舅爷就住在黄桷树下的庄屋里（临时存放未脱粒的稻麦的房子）。他是一个做农活的老把式，但也是个无儿无女的老鳏夫，性格偏得出奇，除了默默劳作外，一般不和外人交往搭讪，但他唯独喜欢我，还经常给我零食。黄桷树嫩芽是我童年的一道美味小吃，只需把嫩芽放进开水里稍微一煮，捞起后撒上一点盐，就有一股诱人的清香。幺舅爷知道我喜欢吃这东西，就经常给我煮黄桷树嫩芽。幺舅爷活到 80 岁去世，我知道后，悲伤了好一阵子。其实，在我们生产队，幺舅爷不算高龄，活到 80 岁以上、甚至 90 岁以上的老人多得很。黄桷树就像那些去世的、在世的老人一样，既不娇贵也不传奇。它身板高大，粗壮的茎干撑起的树形，像极了老人展开的双臂。特别是春日里，树叶茂密，叶片油绿光亮，充满着生机与力量。而那密集的枝杈，像一只只粗糙劳作的大手，大枝横伸向金黄的谷田，小枝斜出至葱绿的菜畦。我绞尽脑汁终于想起唐末诗人刘兼的一首咏黄桷树的诗："叶如羽盖岂堪论，百步清阴锁绿云。善政已闻思召伯，英风偏称号将军。静铺讲席麟经润，高拂虬枝兔影分。更有岁寒霜雪操，莫将樗栎拟相群。"

我和这棵黄桷树有着极深的缘分。记得 16 岁当兵离开生产队时，我穿上不合体的军装，第一件事就是跑到到黄桷树下去和它告别，后来写信也屡屡询问黄桷树的情况。据说父亲还当着人嗔怪：这孩子别的不问，单单问一棵树！但他回信还是满足了我对黄桷树的关心：树很好，政府还贴上了"名木古树"的牌子，成了被保护的古树。其实，他哪里知道这棵树和我是有解不开的缘分的：小时候逃学、捉迷藏，以及做了错事害怕父母打骂躲藏，都没离开过这棵树。每当我遇到不愉快的事情时，我也都会来到黄桷树下，听微风吹拂下树叶沙沙的声音，像是在悄声安慰我；困了，我会打一个盹，这悦耳的沙沙声，像是在守护我安宁的梦境。父亲在"文革"时期挨斗，我曾对着黄桷树诅咒那些批斗我父亲的人。黄桷树仿佛成了我最信赖的保护神。

后来因三峡工程建设，水位涨到了 175 米，整个院子后靠搬迁，这棵为"黄桷树"遮风避雨的百年老树被人们残忍地遗弃了。在清库的时候，市政园林部门费了很大工夫才将它去头去尾，搬迁到了县里新建的乔木广场，也算为它找到了好的归宿。这棵黄桷树也不负"救命之恩"，没过几年，就在乔木广场再次生机勃勃起来，尽到了为市民们遮风挡雨的责任。一些迷信的市民还把它视为神树，在它的枝丫上挂满了红布条。

现在，当我每次走近它，都会在它的面前伫立一会儿，摸摸它粗糙的枝干，在心里和它说几句话。而它照旧静穆挺立，像一个武士，迎接我的到来……

后 记

《流年晨光》这本散文集，是我近年来在各类报刊发表的散文作品合集。在这些作品中，我把自己的过往兜个了底，以便给心灵一个交代。

在整理书稿的时候，不少篇什唤起了我强烈的根的意识，因此重读这些篇什，让我感动和感喟。马尔克斯把对故乡的思念，比喻为"重回种子的路"，可这条路，对很多人来说，是永远无法回去的。比如我自己，在外谋生半个多世纪，我感到离故乡物理上的距离越来越远了，但好在情感的距离越来越近。

这些年，我常常在文字里打望故乡，那里的一草一木、一山一水都留下了我美好的记忆，甚至哪里有一块石头，哪条小路什么地方有个坎，什么地方转个弯，我都烂熟于心。我常常因为遇见儿时的小伙伴，看到他们成了白发苍苍的老者而心生悲凉，也犹如看到了自己身后的影子而顾影自怜。

故此，我常常在文字里与故乡交流，与我的那些老去的小伙伴交流。

　　"文章千古事，得失寸心知。"散文是作者发自内心的真情流露。空洞无物，生编硬造，即使再华丽的辞藻也是苍白无力的。同时，散文虽然是作者发自内心的表述，但也充满了无限的激情，如果说出的话云山雾罩的，让人丈二和尚摸不着头脑，那也是一种"文字垃圾"，不仅污染"精神环境"，于己于人也都得不偿失。这样的文字还不如让它烂在自己的肚子里，权当心底一点积累罢了。因此，我的散文不论是写亲情、乡情，还是写山水、田园，大多是亲身经历，具有现场感，希望读者诸君能够喜欢。

　　在《流年晨光》即将出版之际，衷心感谢散文大家叶梅、周明、陆春祥、刘建春老师不吝写出推荐语；衷心感谢出版社编辑反复推敲，几易书名；衷心感谢书点文化在版式策划和装帧上所做的卓有成效的工作！

作者

2021 年 12 月 8 日·半山书斋